启真馆 出品

The Other

他者

ZHEJIANG UNIVERSITY PRESS
浙江大学出版社

图书在版编目（CIP）数据

他者/李有成著. —杭州：浙江大学出版社，
2013.7
ISBN 978-7-308-11775-3

Ⅰ.①他… Ⅱ.①李… Ⅲ.①文学研究 Ⅳ.①I0

中国版本图书馆CIP数据核字（2013）第146341号

本书的中文简体版由作者授权出版。
浙江省版权局著作权合同登记图字：11-2013-45

他者

李有成 著

责任编辑 周红聪
营销编辑 刘 佳
装帧设计 罗 洪
出版发行 浙江大学出版社
　　　　 （杭州天目山路148号 邮政编码310007）
　　　　 （网址：http://www.zjupress.com）
制　　作 北京百川东汇文化传播有限公司
印　　刷 北京中科印刷有限公司
开　　本 880mm×1230mm 1/32
印　　张 7.25
字　　数 128千
版 印 次 2013年7月第1版 2013年7月第1次印刷
书　　号 ISBN 978-7-308-11775-3
定　　价 32.00元

怀念

朱炎老师

自序

　　我最早把英文的 the Other 译成异己，大抵就是非我族类的意思。这是中文现成的用语，看起来颇为贴切，至少易懂，也不会那么突兀。可是随着学术界逐渐引进有关 the Other 的讨论，不知从何时开始，这个用词出现了新的翻译：他者。这个译词慢慢流行起来，结果整个汉语世界竟然不约而同采用了同样的译法。这个译法原来不为中文所有，洋腔洋调，至为明显，只是时势所趋，大家似乎忘记了中文里还有异己这个用词，他者也就这样大摇大摆地鹊巢鸠占，反客为主，取代了异己。换另一个角度看，这个过程其实也充满了寓意——这大概也算得上是个规训或驯服的过程。我在翻译上一向从众，尊重约定俗成，不喜标新立异，制造混淆，因此也就渐渐接受他者一词。若按俄国形式主义有关陌生化（defamiliarization）概念[1] 的说法，另以他者翻译 the Other 也不无好处。经过了一番陌生化的过程，我们得以重新认识他者这样的一个角色，了解这个角色的命运与意义，并且进一步厘清与界定自我与他者之间的关系。

这本书的章节是在不同阶段完成的，在整理成书的过程中，除了增补若干数据之外，有些章节也作了相当幅度的修订。在撰写书中的若干章节时，我其实是怀抱着日本的中国思想史学者沟口雄三[2] 所说的"亚洲感情"的。沟口指的是那种期盼能够摆脱歧视和偏见以获取自由的人类的共同心理，那种要在人世间消除压迫与被压迫结构的决心。我们的社会对一部分亚洲是存有偏见的，因此对来自亚洲某些国家的外籍配偶与外籍劳工的歧视与剥削时有所闻。这些歧视与剥削甚至构成了人权问题，除了少数学者关心之外，我们的政治

---

[1] 俄国形式主义者什克洛夫斯基提出的文学理论，强调在内容与形式上违反常见的情理，以完全"陌生"的形式出现在人们面前，给人以感官的刺激和震撼，达到审美的作用。

[2] 沟口雄三（1932—2010），著名汉学家、中国思想史学家，著有《作为方法的中国》、《中国前近代思想的演变》、《中国的思想》等。

社会似乎并不以为意。同为亚洲人，我们对伊拉克与阿富汗人民的遭遇也视若无睹，从来不发一语。这本书的若干章节尝试通过自我与他者的关系，从根源厘清问题的症结。我的初步想法是：一个过度膨胀的自我往往只看到自己而无法正视他者的存在。对某些人来说，为了自我的利益，他者变得无足轻重，甚至可以牺牲。

这当然不是一本社会学或政治学的书，我的主要指涉还是文学与文化。我希望通过对某些文学与文化文本的分析，对若干文学与文化议题的论证，思考他者的角色与跨国资本主义下跟他者文化相关的问题。我希望这样的思考能够紧扣当代的历史现实。这样的思考不仅对台湾地区，对大陆应该也有意义。同时我必须承认，我的思考始终不脱沟口所说的亚洲感情。

在本书的写作过程中，我曾经获得周英雄老师、郑树森教授，以及单德兴、廖咸浩、冯品佳等友人的鼓励和指正，我要向他们表示谢意。曾嘉琦小姐不仅将整本书稿录入到计算机，同时制作索引并协助校对，没有嘉琦的费心费力，这本书不可能在这个时候顺利完成。我的学生吴哲硕帮我整理与检查部分资料。谢谢嘉琦和哲硕的帮忙。这本书的繁体字版原由台北的允晨文化出版有限公司出版，浙江大学出版社愿意出版简体字版，让本书有机会与大陆的读者见面，我要特别向王志毅总经理、叶敏主任及周红聪编辑致谢；编辑部同仁为本书的出版给予不少建议与协助，尤其为若干专有名词加注，特此表示感激之意。在整理书稿的最后阶段，业师朱炎教授不幸遽然辞世，三四十载师生之情，我内心的悲伤与不舍不难想象。人生一世，草木一秋，尘缘纵有尽时，老师的教诲不敢或忘，谨以此书怀念老师的身教与言教。朱老师一生关怀弱势，同情弱者，以这样的一本书来怀念他，我相信他会很高兴的。

　　我相信文学与文化研究的淑世功能，这本书反映的无疑仍是这样的信念。是为序。

李有成

2012 年 10 月于台北

目录

绪论

一

2010 年的夏天，我寄居在英格兰东部的中世纪小城诺维奇（Norwich）。这个夏天的工作之一就是完成这本小书的书稿。八九月的天气，台北正值盛暑，而这里因为离北海不远，大部分的时间却是又冷又湿，不像生前长居诺维奇的旅英德国作家塞巴尔德[1]（W. G. Sebald）所说的酷热——塞巴尔

---

[1] W. G. 塞巴尔德（1944—2001），当今最有影响的德国作家之一，1966 年移居英国。他的作品常以局外人、漫游者等为主角，往往涉及回忆与记忆的功能、历史和记忆的意义、图像语言及互文性等当代人关注的问题。主要著作有《晕眩》《异乡人》《土星之环》《奥斯特里茨》等。

德在《土星之环》(*The Rings of Saturn*) 一书开头所谓的"狗日"(the dog days)。这是我度过的最冷的夏天。两年前——2008 年——我初访诺维奇,在东英吉利亚大学作客,主要就是为了塞巴尔德。塞巴尔德于 2001 年不幸因车祸在诺维奇去世。他长期任教于东英吉利亚大学,创办并主持该校的欧洲文学翻译中心——现在已易名为英国文学翻译中心。东英吉利亚大学当然还有一个举世闻名的文学创作课程,为英国文坛培养了许多当代重要作家。我在既定的研究计划之外,就是希望能多了解翻译中心——特别是塞巴尔德——与创作课程的现状。不过除了那一年 9 月的一场塞巴尔德国际研讨会之外,校园内并未有任何纪念塞巴尔德的形式或设施——据说这是他的遗愿。

2008 年的夏天,美国刚刚爆发次贷风波,金融危机箭在弦上,英国电视也忙着报道新建房屋滞售的情形。两年后再访诺维奇,执政了 13 年的新工党下台不久,换上了由保守党和自由民主党组成的联合政府——这两个政党一左一右,意识形态格格不入,有的评论家则以同床异梦视之。金融危机之后,英国的财政恶化与经济衰退情形要比想象中来得严重。诺维奇市中心的购物中心、百货公司及超级市场固然不乏人潮,但在市中心外围却也有不少商店与餐厅已经结束营业,而市区内专售平价商品的一镑商店（Poundland）则生意兴隆。这一段时间我去过好几个濒临北海的城镇，每个城镇几乎都有这样的一镑商店。一叶知秋，年头不佳，尤其低收入者不得不精打细算，渡过难关。

据《观察家》（*The Observer*）周报 2010 年 8 月 29 日的报道，面对庞大的财政赤字，英国财务次长丹尼·亚历山大（Danny Alexander）已经坦承，在下次大选之前非但减税无望，势必还要大量削减公共支出。他隶属自由民主党，削减公共支出有违该党中间偏左的政治立场，因此党内颇多不满，他在接受《观察家》周报的访谈时甚至情急表示："没有人会说他们从政是为了削减公共支出的。"英国智库赋税研究所（Institute of Fiscal Studies）就批评指出，大量削减公共支出将造成贫者愈贫，弱势者势将受害（Asthanna and Helm，2010：8—9）。英国的情形不是特例，只能说是过去两年来国际金融危机与经济衰退现象的冰山一角。这样的社会安全危机正是跨国资本主义与新自由主义经济所带来的恶果。

经济不振，失业率高，在束手无策之余，有些人就开始寻找代罪羔羊，首当其冲的就是各国的外籍劳工与移民。这一阵子欧美好几个国家都发生过歧视或迫害移民的事件。8 月间，法国总统萨科奇（Nicolas Sarkozy）——他本人是匈牙利移民之子——下令驱逐法国境内罗姆人（the Roma，俗称吉普赛人）的消息成为英国主要报纸报道和评论的焦点。据估计，法国境内约有 15000 名罗姆人，光在今年[1] 8 月，萨科奇政府就驱逐了约 1000 名，去年一整年则至少有 11000 名。萨科奇极端的排外行动受到罗马教皇的批评，法国天主教若干主教更是对他严加谴责，欧盟官方甚至介入调查。《独立报》（*The Independent*）还特地就此事件与晚近各国反移民的现象在 8 月 22 日发表社论指出：

> 特别在经济紧张的时候，移民经常发现自己变成了代罪羔羊。在这方面法国绝不孤单。意大利政府骚扰与驱逐其罗姆人移民已经好几年了。而美国正为亚利桑那州政府所通过的一条法律进行激烈的法律战，这条法律规定，为侦察来自墨西哥的非法移民，警方有权要求任何人出示身份证明。反对者认为这样会导致种族歧视。对美国非法移民子女的普遍关心也引发共和党圈内若干讨论，有人建议应该废止宪法条款中赋予在美国领土出生者公民权的规定。在此同时，澳大利亚大选的两位候

---

[1] 指 2010 年。

选人，总理吉拉德（Julia Gillard）与反对党自由党的阿伯特（Tony Abbott）则陷入谁能采取较严厉的手段对付"船民"的竞赛中揪斗不已。"船民"指那些乘船来到澳大利亚海岸的绝望的政治避难者。（Editorial，2010：2）

最讽刺的是，像萨科奇一样，澳大利亚大选的两位主要政党候选人都不在澳大利亚出生，都是来自英国的移民——吉拉德出生于威尔士，阿伯特则在伦敦出生。其实除了土著居民，现在的澳大利亚人不都是移民的后代？《独立报》的社论来不及提到的是，8月28日在英国的布拉德福德（Bradford），数百位英国国家党（British Nationalist Party）与英国防卫联盟（English Defence League）等极右翼组织的成员与支持者，在市中心举行反伊斯兰教示威，与警方爆发冲突。同一天，美国具有浓厚种族主义色彩的右翼组织"茶党"[1]也在华府林肯纪念碑前集会——47年前的这一天，马丁·路德·金（Martin Luther King, Jr.）牧师就在这里发表《我有一个梦想》的著名演讲。（*Observer*, 29 August 2010, 1, 6）

---

[1] 美国政治组织，并非正式党派，发端于1773年美国东部波士顿。主要参与者是主张采取保持经济政策的右翼人士，2009年以来，随着反税抗议活动的展开势力日益增大。

这些事件说明了许多人仍然固执己见，怀念那个已经消逝的基督徒白人仍是历史主体、仍然宰制世界的时代，不肯也不愿面对一个早已改变的世界。用卡普钦斯基[1]（Ryszard Kapuściński）的话说，这些人对待他者就像对待陌生人一样，视之为"某个不同物种的代表……把他当作某种威胁"（Kapuściński，2008:58）。因此他们要驱逐他，羞辱他，防堵他的到来。政治人物之所以敢于提出含有种族歧视的政策，是因为他们深信，这些政策背后仍有一群同情者或支持者，他们估算过可能的政治效应，包括可能换取的选票。如果我们相信每个人都有"追求幸福的自由"，反移民的立法和行为显然有违这样的信念，显然不符人道关怀。政治人物敢于执意为之，因为他们清楚社会的政治氛围。反移民所具现的排外恐惧症也告诉我们，法西斯主义的阴魂仍然潜伏在某些人心中，并未形消于无。历史血泪斑斑，殷鉴不远，许多思想家因此忧心忡忡，纷纷尝试以各种论述打开困境。早在20世纪八九十年代，克里斯蒂娃[2]（Julia Kristeva）就一再析论

---

[1] 卡普钦斯基（1932—2007），波兰记者、作家、摄影家、诗人。他的足迹遍及一百多个国家，特别深入拉美、非洲、中东等火线，坚持发回真实报道。作为作家，6次提名诺贝尔奖候选人，著有《生命中的另一天》《皇帝》《帝国》《与希罗多德一起旅行》等二十多部作品。
[2] 克里斯蒂娃（1941—　），法国心理分析学家、女性主义批评家，其研究跨越哲

陌生人的角色；德里达[1]（Jacques Derrida）也反复讨论如何待客，如何悦纳异己；列维纳斯[2]（Emmanuel Lévinas）则以伦理学为其哲学重心，畅论自我对他者的责任；哈贝马斯[3]（Jürgen Habermas）更主张要包容他者。这些论述或思想之出现并非偶然，其背后应该有相当实际的现实基础与伦理关怀。

就在这一连串反移民的事件当下，英国前首相布莱尔（Tony Blair）在缄默3年之后，终于在9月1日出版其回忆录《一段旅程》（*A Journey*）。跟一般人的预料一样，回忆录极力为美英联军于2003年入侵伊拉克辩护。他表示深为英军的伤亡感到哀痛，不过他有理由"不后悔出兵的决定"（Blair，2010:372），因此他不会为入侵伊拉克道歉。布

学、语言学、符号学、结构主义、精神分析、女性主义、文化批评等多个领域。著有《符号学》、《恐怖的权力》、《面对自我的陌生》等。

[1] 德里达（1930—2004），当代法国哲学家、符号学家、文艺理论家、美学家，解构主义思潮创始人。著有《人文科学话语中的结构、符号和游戏》《论文字学》《言语和现象》、《文字与差异》等。

[2] 列维纳斯（1905—1995），法国哲学家、《塔木德经》注释家。20世纪50年代进入法国知识分子的思想前沿，观念基础为"他者的规范"或说"规范为哲学第一本位"。著有《胡塞尔哲学中的直观理论》、《从存在到存在者》、《塔木德四讲》等。

[3] 哈贝马斯（1929— ），德国当代最重要的哲学家、社会理论家之一，西方马克思主义法兰克福学派第二代中坚人物。继承和发展了康德哲学，致力于重建"启蒙"传统，提出"沟通理性"的理论，对后现代思潮提出了有力批判并与之进行了深刻的对话。著有《认识与兴趣》、《在事实与规范之间》、《公共领域的结构转型》、《合法化危机》等。

莱尔坚信当时的伊拉克总统萨达姆（Saddam Hussein）仍然有意发展大规模的毁灭性武器。只是他没想到紧接入侵伊拉克之后所出现的梦魇，特别是基地组织与伊朗坐大。可以想见，这本期待已久的回忆录出版之后，立即引起排山倒海的评论。[1]

　　说来巧合，就在《一段旅程》出版的前一天，美国总统奥巴马（Barack Obama）在其白宫办公室发表电视谈话，宣布美军终止在伊拉克的军事行动，并自伊拉克撤军，只留下5万多维和与训练伊拉克军警的人员。主导入侵伊拉克的美国总统布什（George W. Bush）曾经在2003年5月宣布美军的"任务完成"；7年多之后，奥巴马在美军正式撤出伊拉克时只能低调表示："一场要裁减一国军备的战争变成了一场制止暴动的战斗。恐怖主义与教派冲突即将撕裂伊拉克。我们的对外关系紧张。我们的内部团结也受到挑战。"（引自 Hamilton，

---

[1]　1997年5月1日英国举行大选，刚好我在伦敦，目睹执政18年，颟顸而丑闻不断的保守党政府终于下台，新工党以压倒性的胜利重新执政。年纪不满50的布莱尔接任首相，意气风发，老迈的英国一时焕然一新，朝气蓬勃，连老旧的英国航空公司都在机尾换上了相当后现代的图案。有的英国朋友说似乎看到一个新的耶路撒冷的到来。13年后，英国非但债台高筑，新工党政府因为参与伊拉克与阿富汗战争而在国际上树敌，在国内也日渐失去人民的支持，终于在今年5月的大选后黯然下台。布莱尔也从一位曾经深得民心的首相，在位10年后被迫辞职。连在伦敦泰德现代美术馆（Tate Modern）所举行的《一段旅程》新书发表会，也因反战人士的抗议被迫取消，落得颜面无光。——原注

2010）奥巴马对伊拉克战争的低调——其实是不堪和负面评价——与布莱尔的高调辩护形成对比。不论如何强辩，布莱尔的说辞大概只能留下一份属于他个人的记录，许多事实已经无法改变一般人对伊拉克战争的看法。这一场费时 7 年又165 天的战争，除了处决萨达姆并摧毁其政权外，许多冷酷的事实说明，历史不可能会仁慈对待布什与布莱尔。这场实力悬殊的战争共耗费近 1 万亿美元，美军动员超过 100 万人次，死亡 4415 人（还不包括英军的 1000 余人，远超过"9·11"恐怖攻击的死亡人数）。伊拉克平民死亡者据估计超过 10 万人，许多人家破人亡，流离失所。沦为难民者不下 500 万人，其中半数流落在邻近国家，另外半数则散落在伊拉克国内各地。[1] 伊拉克 2010 年 3 月间举行大选，由于没有任何政党获得半数以上的席位，几经困难才组成联合政府。什叶派、逊尼派及库尔德人各有所图，互不相让，自杀炸弹攻击更是时

---

[1] 顺便一提，当代日本思想家子安宣邦在《国家与祭祀》一书的《后记》中指出，第二次世界大战之后美国所参与的战争都缺乏正当性，因此与国家的光荣扯不上关系。他问说："为什么美国在中东之地进行了海湾战争这场使用最新兵器的实验性战争？为什么北大西洋公约组织（NATO）军队实施了空袭？——此类即使追问也得不到答案的战争，在南斯拉夫，在巴勒斯坦，在阿富汗，而且在伊拉克反复进行着……现在进行的战争已经完全没有与国民的荣光相联系的战争。毋宁说是国民不理解、甚至可以说是国民耻辱的战争。这场战争没有胜利，仅有给国民的心灵带来裂纹和空洞的愚蠢的终结"（子安宣邦，2007:180）。——原注

有所闻，国家陷入内战边缘。虽然目前经济成长约为 5%，失业率却高达 40%。这就是美英联军占领伊拉克 7 年来留下的结果。（*Independent*，20 August 2010，4—5）萨达姆再坏，也没有这样的纪录，历史要如何善待布什和布莱尔？

从反移民潮到伊拉克战争，这两者有何关系？这些事件动机不同，动员的规模也不一样，表面上确实很难同日而语。不过稍加细想，两者有一点倒是共通的：两者面对的都是他者。就战争而言，卡普钦斯基的话很值得我们推敲。他说："我们很难为战争自圆其说；我想每个人都是战败者，因为这是对人的挫败。战争暴露了人没有能力与他者妥协，同情他者，对他者仁慈与理性，因为在战争的情况下，面对他者的结果总是悲剧，总是流血与死亡。"（Kapuściński，2008：82）如果他者是自我的一面镜子，我们从伊拉克人民的遭遇看到的，是西方某些强权蛮横自私的一面。显然，在后殖民与后冷战时代，其帝国本质仍然没有多少改变。布莱尔说没有预料到入侵伊拉克后所出现的梦魇，其实跟某些反移民者的内心没有两样，都是因为傲慢，对他者的文化漫不经心，缺少耐心与兴趣。布莱尔可以对 1000 多位英军死伤者与其家属致歉，并且把《一段旅程》的预付金与日后的版税全数捐赠皇家英国军团协会，以帮助伤亡军人家属，可是对千千万万死伤的伊拉克人却只有遗憾，并无一丝愧疚，也无一语道歉。

入侵伊拉克（包括后来美军的虐囚事件），乃至于晚近的反移民潮，透露了有些人在面对他者时所仰赖的生物政治（biopolitics）——否定他者，围堵他者，羞辱他者，驱逐他者，甚至终结他者的生命。反讽的是，这样的生物政治却是为了创造自己的生存条件——消除他者即是消除对自己生存的威胁。所有的修辞包装在层层剥开之后，最后只剩下自私的、原始的生存欲望。只是欲望是真的，威胁并不一定。前面曾经说过，他者有时候只是代罪羔羊。巴特勒[1]（Judith Butler）晚近多次论证，生命何等脆危（precarious）。[2]从反移民潮，从伊拉克战争看来，有些人的生命要比另一些人的更为脆危。用巴特勒的话说，他们生命的脆危性（precariousness）出现"不平等的分配"（Butler，2009：22），因为他们失去了生命存续的政治与社会条件——主流社会、国家机器或国际强权无不处心积虑想要摧毁这些条件。巴特勒以众生平等的立场，提出"可活的生命"（livable life）

---

[1] 巴特勒（1956— ），美国后结构主义学者，研究领域有女性主义、酷儿理论、政治学、伦理学等。她被认为是"当今最有影响力的女性主义理论家之一"，著有《性别麻烦》、《消解性别》等。

[2] 我知道中文有"垂危"一词，隐含"危在旦夕"的意思，似不足以翻译"precarious"一字，故暂译为"脆危"，表示脆弱与危险。——原注

的观念，不过她也了解，这个观念可能会被有些人利用，"作为区分值得存活的生命与可被摧毁的生命的基础——这也正是为支持某个战争而努力的理由，辨识一方面是具有价值的、值得让人悲伤的生命，另一方面则是不值得一顾的、无须为之悲伤的生命"（Butler，2009：22）。不幸的是，这正是伊拉克战争与晚近一连串反移民事件的认识论基础。这也是有些人排斥异文化的深层理由。

在《消解性别》（*Undoing Gender*）一书的最后一章，巴特勒主要以自身的治学经验，见证哲学在哲学学门以外开枝散叶的情形。她将寄居在别的学术领域的哲学学者称之为哲学的"他者"，而且提出一个相当斯皮瓦克[1]式（Spivakian）的问题："哲学的'他者'能否发言？"她提到早年自己处理黑格尔哲学中欲望与承认的问题时指出："欲望一方面想否定他者的他者性（即：因为他者的结构和我的相似，占据了我的地盘，威胁了我的单一存在），另一方面则又处于这样一个困境：它需要那个他者，又害怕自己成为那个他者，被那个他者所攫取。"（Butler，2004：240）[2] 欲望与承认界定了

---

[1] 斯皮瓦克（1942— ），印度思想家、哲学家，当代西方后殖民理论思潮的主要代表。著有《后殖民理性批判》等。

[2] 译文参考郭劼的译本（朱迪斯·巴特勒，2009：245），为行文方便，曾略作修

自我与他者的关系，自我虽然在他者身上看到自己，却又深感受到威胁，因此必须否定他者——否定的形式与方法很多，从反移民到入侵伊拉克，我们看到程度不同的否定。为抵拒对他者的否定，巴特勒也因此提到承认的重要性。从泰勒[1]（Charles Taylor）阐述承认的政治开始，过去二三十年，承认的议题在英美学界的讨论已经很多（参考 Taylor and Gutman，1994；Honneth，1996；Markell，2003 等），巴特勒则把这个议题进一步带到另一个面向，要我们承认生命脆危，承认对他者的义务或责任。她延续在《消解性别》一书中对承认的论证指出：

> 譬如，说生命会受伤，会消逝，会被摧毁，或者系统性地被忽略以至于死亡，不仅是在强调生命有限（死亡无可避免），也是在强调生命脆危（生命因此需要诸多社会与经济条件以便能以生命存续）。脆危性暗示生命存在于社会中，暗示一个人的生命在某个意义上总是掌握在别人的手上。脆危性也暗示生命对我们认识与不认识

饰。——原注

[1] 泰勒（1931— ），加拿大哲学家，晚近英语哲学的关键人物之一，社群主义的主将，主要著作有《黑格尔》、《自我的根源》等。

的人暴露；暗示生命对我们所认识，或略微认识，或根本不认识的人的依赖。相对的，对别人（大部分身份不明）的暴露与依赖也暗示了生命会受到侵害。这一切不一定出于爱甚至关怀的关系，但却构成对他人的义务，这些他人大部分我们都叫不出名字，也不认识，对意义上确定的"我们"是谁而言，他们也许有也许没有熟悉的特征。换成一般的说法，我们可以说对"他人"具有义务，同时假设在这个情况下，我们知道"我们"是谁。(Butler, 2009:13—14)

二

这本书以论证他者的历史重要性开始，接着分析影像文化与文学所透露的对他者的排拒、恐惧与迫害。其余的章节则析论与他者身份密切相关的若干议题，包括后现代战争、全球化、跨文化论等。第一节《外邦女子路得》重新诠释《旧约·路得记》(Ruth)，主要有感于我们的社会对外籍配偶的歧视。这种歧视非仅存在于一般社会与文化之中，也存在于建制性的立法当中。这一节尝试以嫁入以色列的摩押(Moab)女子路得为例，论证以待客之道悦纳他者的重要性。

路得以外邦女子的身份，嫁给以色列人为妻，成为以色列人的母亲，竟影响了往后以色列的历史与王权系谱的传承，以及犹太教与基督教的分合发展。因此如何悦纳外邦人有时具有关键性的意义。

第二节《冷战与政治他者》主要在反省与批判20世纪50年代美国的麦卡锡主义（McCarthyism）。麦卡锡主义是冷战初期美国政治右翼赖以迫害政治他者的意识形态利器，影艺界广受株连。冷战对人类社会所造成的创伤难以衡量，极权世界固然以反右、反资本主义之名敌视无数政治与意识形态上的非我族类，自由世界其实也不遑多让，基于反左、反社会主义的立场，多少政治与思想上的异议分子在白色恐怖下蒙冤受屈，甚至家破人亡。麦卡锡主义的时代虽然已经过去，但是麦卡锡主义仍然盘踞在某些人内心见不到阳光的角落，随时会被召唤，像幽灵那样不愿离去。所有贴标签、扣帽子之类的政治与文化的猎巫行为只是麦卡锡主义的有形缩影，反映的是社会上某些人的思想怠惰与心灵闭塞。

第三节则以科幻电影《异形》[1]（*Alien*）为例，探讨在资本主义与帝国主义下他者的命运，影片中的异形在某种意

---

[1] 《异形》，1979年上映的科幻恐怖电影，导演为雷德利·斯科特，后衍生出诸多续作和关联作。

义上具现了资本帝国对第三世界他者的觊觎与恐惧。异形本为无名星球的原住民，资本帝国对无名星球的侵犯与掠夺引起异形的激烈反击，最后造成两败俱伤。这部影片显然在寓意上有意批判资本帝国的贪婪与无穷欲望，伴随着贪婪与欲望的则是对他者的焦虑与不安。

第四节的《帝国创伤》则尝试借巴特勒（Judith Butler）、卡普兰（E. Ann Kaplan）及卡鲁斯[1]（Cathy Caruth）等所发展的创伤与伤悼概念，析论莫欣·哈米德[2]（Mohsin Hamid）的后"9·11"小说《拉合尔茶馆的陌生人》（*The Reluctant Fundamentalist*）中所隐含的政治寓意。这一节旨在检讨与勾勒美国的帝国本质，批判美国如何挟其军事与经济的强大力量，以资本帝国的暴力为第三世界他者带来苦难与悲剧。可惜美国久因强权而倨傲，早已失去谦卑自省的能力。美国无法了解"9·11"恐怖攻击带给美国的创伤，其实与美国过去数十年带给第三世界他者的创伤是分不开的。

从第五节开始，议题转到与他者身份相关的若干文化问

---

[1] 卡鲁斯（1955— ），康奈尔大学人文科学罗德斯名誉教授，研究领域为比较文学、创伤文学。著有《经验真理与批判小说》、《匿名经验：创伤、叙事与历史》等。

[2] 哈米德（1971— ），巴基斯坦作家。出生于拉合尔，后在美国深造，现居伦敦。著有《蛾烟》、《拉合尔茶馆的陌生人》等。后者曾入围布克奖决选。

题。第五节紧接着第四节的讨论，分析后现代战争的虚拟性与电子游戏化。这样的战争最后所呈现的是场面多于信息、拟仿多于真实、拟像多于指涉，在战争中死伤的平民百姓竟仿佛沦为隐形的他者，再现也因此成为问题，最后恐怕必须归结到后现代社会中信息制作与知识生产的根本问题。

第六节《全球本土化》延续第五节的议题，讨论本土他者的文化如何面对与因应全球文化资本主义的挑战与冲击。这一节以夹叙夹议的方式论证文化帝国主义可能造成的文化同质化的危机，不过在论证的过程中我也注意到本土文化可能的抗拒与修正。在这种情况之下，文化帝国主义也会调整本身的策略与内容，设法消解本土文化的抗拒与对立。

最后一节则把上一节的讨论推向跨国文化研究的问题。在文化消费主义的推波助澜之下，许多本土的文化资本都有意开发跨国或跨文化的面向，因此导致在争夺文化产品的意义时全球与本土之间的紧张状态。这是自我与他者之间必须共同面对的问题。这一章以性质与形貌相异的两个文化文本——李安的《卧虎藏龙》与非裔美国人的饶舌音乐——析论跨文化转向如何改变与改造文化生产。在全球流动的脉络下，我们显然迫切需要活泼开放的描述文化的新视野与新方法。

这本书所处理的文化文本与事证也说明了，这些议题虽然古老，但却并不过时，从《圣经》的故事到今天仍在我们身边不时发生的事件可以看出，他者与其相关的文化议题始终盘踞着我们的文化想象。美国佛罗里达州一个小镇教会——会众不满50人——的牧师准备在"9·11"事件10周年纪念那天发动焚烧《古兰经》的行为引起全球轩然大波，一方面固然证明了这个世界仍有很多对他者与他者的文化愚昧无知的人，他们心怀恐惧，不知如何自处，也不知如何面对他者，只能忙于制造仇恨，妄想以焚书之类的象征性动作阻绝或摧毁他者的文化，作为对他者的惩罚。另一方面也说明了全球文化流动既快速而又无远弗届，跨文化的了解与研究确实有其重要性。

面对他者，了解他者，承认他者，甚至悦纳他者，视他者为自我的映照，在一个仍然充满偏见、愚昧、仇恨的世界里，这不仅是学术问题，也是伦理责任的问题。

第一章

想象他者

外邦女子路得

一

　　"外邦人"一词为《圣经》用语，有时候也作"外人"或"外来人"，甚至作"寄居者"或"客旅"，英文詹姆斯一世钦定本（King James Version）皆作"the stranger"[1]。《圣经》中指涉外邦人的篇章甚多。《新约·马太福音》（*Matthew*）第 25 章耶稣即自称为外来人。这一章自 31 节至 46 节的情节是这样的：审判之日到来时，人子耶稣在天使陪伴之下坐上

---

[1]　本文所有引用《圣经》的文字，采用中国基督教协会 1998 年出版的版本。

天国的荣耀宝座，"万民都要聚集在他面前"，他把这些人依左右分开，"好像牧羊的分别绵羊、山羊一般"。他对右边的说："你们这蒙我父赐福的，可来承受那创世以来为你们所预备的国。因为我饿了，你们给我吃；渴了，你们给我喝；我作客旅，你们留我住；我赤身露体，你们给我穿；我病了，你们看顾我；我在监里，你们来看我。"接着耶稣又对左边的说："你们这被咒诅的人，离开我，进入那为魔鬼和他的使者所预备的永火里去！因为我饿了，你们不给我吃；渴了，你们不给我喝；我作客旅，你们不留我住，我赤身露体，你们不给我穿；我病了，我在监里，你们不来看顾我。"

在耶稣的叙述脉络里，外来人是和饥渴者、衣不蔽体者、病人、受牢狱之苦者摆在同一个类别来看待的，都是社会上的不幸者或边缘人，都是必须受到好客之道善待的人。以好客之道善待外来人，就像善待其他不幸的人一样，这样的人有福了，因为这样的人属于"义人"，依耶稣的教训，正义的人"要往永生里去"；反之，则要"进入那魔鬼和他的使者所预备的火里去"，也就是"要往永刑里去"[1]。

---

[1] 另外请参考《以弗所书》第 2 章第 12 节至第 19 节。保罗对以弗所人指出，以弗所人原来因为"没有基督，跟以色列国民疏离，在应许的契约上是外人，在世界上没有希望，没有上帝"。后来以弗所人接受了耶稣，"这些一度在远处

　　《圣经》中最广受讨论的外邦人典范可能要属摩押（Moab）女子路得（Ruth）。《旧约·路得记》（*Ruth*）所叙述的主要是士师（the Judges）时代摩押女子路得归化以色列的故事。住在伯利恒的男子以利米勒（Elimelech）因为饥荒携妻带子避居摩押。以利米勒后来身故，留下妻子拿俄米（Naomi）与两个儿子基连（Chilion）及玛伦（Mahlon），两人分别娶了摩押女子俄珥巴（Orpah）和路得为妻。在摩押住了约10年之后，基连和玛伦也不幸逝世，一家只剩下婆媳寡妇三人。拿俄米打算回到伯利恒，希望两位媳妇各自回娘家去，不必随行。两位媳妇放声痛哭，最后，"俄珥巴与婆婆亲嘴而别，只是路得舍不得拿俄米"（1:14）。

　　婆媳两人回到伯利恒的时候，正是大麦收割的季节。路得获得婆婆同意，来到田间，"在收割的人身后拾取麦穗"。她刚巧走到她公公以利米勒本族人波阿斯（Boaz）的麦田里，被波阿斯发现了。波阿斯在了解她的身份之后，就告诉她说："不要往别人田里拾取麦穗，也不要离开这里，要常与我使女们在一处。我的仆人在那块田收割，你就跟着他们去。我已经

的人，现在既然跟基督耶稣团结，就靠耶稣的血得以在近处了"。因此，以弗所人"确实不再是外人和侨居的人，而是跟圣民同国的公民，是上帝家里的人"。——原注

吩咐仆人不可欺负你。你若渴了，就可以到器皿那里喝仆人打来的水。"（2:8－9）路得听了波阿斯的话跪倒在地说："我既是外邦人，怎么蒙你的恩，这样顾恤我呢?"（2:10）

路得将遇见波阿斯的经过告诉拿俄米，并从拿俄米那儿获知他们的关系："那是我们本族的人，是一个至近的亲属。"（2:20）拿俄米为了替路得"找个安身之处"，有一天怂恿她"沐浴抹膏，换上衣服"，在波阿斯筛完大麦，吃喝完毕之后，"到他睡的时候，你看准他睡的地方，就进去掀开他脚上的被，躺卧在那里"。（3:1－4）路得依她婆婆的吩咐行事，半夜里波阿斯突然惊醒，发现身边躺着路得。路得对他说："求你用你的衣襟遮盖我，因为你是我一个至近的亲属。"波阿斯承认自己确是路得"一个至近的亲属"，但却强调，"还有一个人比我更近"，如果这个人不肯"尽亲属的本分"，他愿意为路得"尽了本分"。"路得便在他脚下躺到天快亮，人彼此不能辨认的时候就起来了。"波阿斯还特别叮咛说："不可使人知道有女子到场上来。"（3:9－14）

第二天波阿斯恰巧遇到那位他所说的比他更近的亲属，他于是找了10位长老作证，询问那位更近的亲属是否愿意买下其族兄以利米勒的土地。他告诉那位至亲说："你从拿俄米手中买下这地的时候，也当娶（原文作"买"；10节同）死人的妻摩押女子路得，使死人在产业上存留他的名。"那位至亲一听当场婉拒，并依当时"要定夺什么事，或赎回，或交易"的习俗，脱下自己的鞋子给波阿斯，以为证据。波阿斯于是当着长老与民众宣布："凡属以利米勒和基连、玛伦的，我都从拿俄米手中置买了，又娶了玛伦的妻摩押女子路得为妻，好在死人的产业上存留他的名，免得他的名在本族本乡灭没。"（3:9—10）路得嫁给玛伦时并无所出，改嫁波阿斯后，很快就为他生了个儿子，取名俄备得（Obed），并以拿俄米为养母。妇女们都对拿俄米称赞路得："有这儿妇比有 7 个儿子还好。"（3:15）

我们不要小看路得这位摩押女子。在以色列列王系谱中，路得的地位至关紧要。她嫁给波阿斯之后，生下俄备得，俄备得生下耶西（Jesse），耶西则生下后来以机弦石块击毙非利士（the Philistinc）巨人歌利亚（Goliath）的大卫（事见《旧约·撒母耳记上》[I Samuel] 17）。路得生当士师时代，我们读《旧约·士师记》（Judges），即不难了解这在古代犹太历史中是个如何混乱黑暗的时代。以色列人在乔舒亚去世之后，"有别的世代兴起，不知道耶和华，也不知道耶和华为以色列人所行的事（《士师记》2:10）"，而且还去"行耶和华眼中看为恶的事"，包括"去叩拜别神，就是四围列国的神，惹耶和华发怒"，因此"他们无论往何处去，耶和华都以灾祸攻击他们"。(2:11，12，15)《士师记》所记载的多的是背信弃义、偶像崇拜等神眼中的恶行，以色列人所受到的惩罚即是频仍的战争、烧杀、掠夺、饥荒等。这也正是以利米勒之所以携妻带子远离伯利恒，避居摩押的原因。"那时以色列中没有王，各人任意而行。"(21:25)后来耶和华命撒母耳（Samuel）立便雅悯人（the Benjamin）基士（Kish）的儿子扫罗（Saul）为王，治理以色列。扫罗因为没有遵守神的命令将亚玛力人（Amalek）赶尽杀绝，为耶和华所厌弃，耶和华于是差遣撒母耳往伯利恒人耶西那里，因为他要"在他众子之内预定一个作王的"。(《撒母耳记上》16:1)上面说过，伯利恒人耶西是俄备得的儿子，这个"预定作王的"正是耶西的幼子——俄备得的孙子——大卫，也就是日后一统以色列的《旧约·诗篇》(Psalms)的主要作者大卫王。这位大卫王因此是来自摩押的外邦女子路得的曾孙。大卫王统治犹大和以色列约共 40 年（见《撒母耳记下》5；《列王记上》[I Kings] 2），享年 70 岁，后因四子亚多尼雅（Adonijah）有异心，以老迈之年传位儿子所罗门（见《列王记上》2）。《新约·马太福音》一开头曾记述耶稣基督的冗长家谱："从亚伯拉罕到大卫共有 14 代，从大卫到迁至巴比伦的时候也有 14

代，从迁至巴比伦的时候到基督又有 14 代。"(17) 我们可以这么说：没有外邦人摩押女子路得，就不会有大卫；没有大卫，当然也不会有 28 个世代之后的耶稣基督。换句话说，没有外邦人摩押女子路得，以色列的历史文化必须改写，世界宗教历史也会很不一样。正如米勒（J. Hillis Miller）所指出的："摩押女子路得归化以色列社会对于延续以利米勒的血脉是必要的。更重要的是，这对于后来世代的传承是必要的。"(17；19) [1]

以利米勒一家在不同阶段皆曾经以外邦人的身份寄居他乡。在犹大闹饥荒时，以利米勒携妻带子远赴摩押，对摩押人而言，以利米勒一家都是外邦人。摩押人非但并未拒斥这个外邦人家庭，还以本国女子俄珥巴和路得分别嫁给以利米勒的儿子基连与玛伦。以利米勒和两个儿子甚至最后身埋异乡，至死都是外邦人，在象征意义上完全融入摩押的土地，为摩押人所接纳，成为摩押人的一部分。在《旧约·出

---

[1] 米勒是以路得的故事作为理论旅行的托寓（allegory），讨论理论如何被翻译的问题："摩押女子路得能被视为理论之旅行的譬喻／人物（a figure of traveling theory）。不管她原来的语言和文化可能是什么，她能跨越边界进入以色列而且在那里被同化，但同化的方式只有借着把自己翻译成——或者说，她自己被翻译成——新文化的用语。她变成了以色列人中名正言顺的妻子和母亲。然而，她带有自己的一些东西，抗拒完全的翻译和同化的一些东西（19 – 20；20 – 21）。"括弧中的页码分别指米勒著作的中、英文版本。——原注

埃及记》（*Exodus*）中，摩西借耶和华之神力，以其法杖将红海分开，让以色列人摆脱埃及人的追逐之后，曾经率以色列人向耶和华高歌。歌词中即曾提到摩押人，是属于闻耶和华而颤栗色变的外邦人之一。(15:14—15)《旧约·申命记》（*Deuteronomy*）更记载了摩西的训示，禁止摩押人加入耶和华的教会；甚至"他们的子孙虽过十代，也永不可入耶和华的会。因为你们出埃及的时候，他们没有拿食物和水在路上迎接你们"。摩押人又雇了美索不达米亚的毗夺人比珥（Beor of Pethor）的儿子巴兰（Balaam）来诅咒以色列人，由于这些仇恨，摩西告诫以色列人，"你一生一世永不可求他们的平安和他们的利益"。(23:3—4，6) 摩押人显然是被诅咒的人。[1] 因此，不论以利米勒娶俄珥巴与路得为媳，或波阿斯后来娶路得为妻，前者也许因客居异地，为情势所逼，后者也许出于当时犹太律法的规定[2]，站在以色列人的立场，都

---

[1] 另有一种解释是，被诅咒的只限摩押男人，不包括摩押女人，因为按当时的习俗，只有男人才会欺侮沙漠中的旅人，女人是不会做出违反人道的事的，因此摩押女人并未受到耶和华的诅咒，也因此不在犹太律法的限制之内（Ozick 1994：26）。——原注

[2]《申命记》记载的是出埃及 40 年后的 11 月摩西在约旦河以东的旷野训诫以色列人的话，在婚姻条例中特别提到："弟兄同居，若死了一个，没有儿子，死人的妻子不可出嫁外人，她丈夫的兄弟当尽兄弟的本分，娶她为妻，与她同房。"(25:5) 波阿斯之娶路得，恐为此条例之延伸。克里斯蒂娃（Julia Kristeva）认为，依当时犹太的婚姻律法，拿俄米有责任自其本族至近的亲属中，为路得找一位赎买

不是容易的事。不过，耶和华也因以色列人曾经客居埃及为奴的痛苦经验，一再谆谆告诫以色列人要善待外邦人。《出埃及记》载有神的话说："不可亏负寄居的，也不可欺压他，因为你们在埃及地也作过寄居的。"（22:21）《利未记》（*Leviticus*）也订立了类似的训示："若有外人在你们国中和你同居，就不可欺负他。和你们同居的外人，你们要看他如本地人一样，并要爱他如己，因为你们在埃及地也作过寄居的。"（19:33—34）[1]

《路得记》所叙述的显然是一个外邦女子的故事，而这个故事又牵涉到往后以色列帝王家系的传承，以及犹太教和基督教的分合发展的历史。因此，《路得记》虽然在《旧约》的众多故事中篇幅最短，情节也最简单，但在传统解经学中却是个颇受争议的故事。晚近有关《路得记》的诠释多环绕着逾越与跨界的主题。上文曾引述米勒的观点，米勒的主要关

者（redeemer），以取代她已逝世的儿子的地位（Kristeva，1991:72）。另参考米勒（14；17）。——原注

[1] 这里顺便一提，《旧约》前五记——包括《创世记》（*Genesis*）、《出埃及记》、《利未记》、《民数记》（*Numbers*）和《申命记》——在犹太教中又称"摩西五书"或"犹太法典"（the *Torah*），除叙述古代希伯来的重要历史与传说之外，更记载了耶和华通过摩西交付给以色列人的许多训诫和律法，为希伯来宗教、文化与社会实践的基础，而这些训诫与律法的中心当然是摩西在西奈山上自上帝那儿领受的十诫（the decalogue 或 ten commandments）。——原注

怀是理论的翻译。显然，在隐喻的层面上，以《路得记》的故事所体现的逾越与跨界现象来描述理论的翻译过程与其后果是相当适切的，对米勒来说，路得的故事即是"一个理论作品如何跨越边界、占据一片新的领域、在新的语言中为自己取得一席之地"（10；13）的故事。这种托寓的读法确实很能捕捉翻译的伦理时刻——翻译的践行式语言行为对理论本身及其标的语言和文化可能造成的冲击与结果。

对克里斯蒂娃而言，《路得记》中的逾越与跨界主题可以概括说明以色列帝王系谱的根源。《旧约·创世记》第19 章叙述神以硫黄和大火毁灭所多玛（Sodom）和蛾摩拉（Gomorrah）这两个罪恶之城的经过。住在所多玛的罗得（Lot）算是义人，城灭之日，在天使的劝说下，他逃到所多玛附近的小城琐珥（Zoar）避祸；后来又因为恐惧，带着两个女儿躲到山洞里去。这两个女儿认为，城毁之后，再也没有人"按着世上的常规进到我们这里"，因此，"我们可以叫父亲喝酒，与他同寝。这样，我们好从他存留后裔"。就在这样的安排之下，"罗得的两个女儿都从她父亲怀了孕"。（31－32，36）这就是《旧约》中著名的乱伦故事。而罗得的大女儿所生的儿子就取名摩押，"就是现今摩押人的始祖"。（37）如果追根究底，外邦人摩押女子路得还是乱伦结果的后裔。此外，路得后来嫁给波阿斯虽然符合犹太律法，但终究也有违背伦常之嫌。克里斯蒂娃即据此总结其分析指出："外来属性（foreignness）和乱伦因此是大卫王权的基础。"（Kristeva，1991:75）为了某种更迫切的大设计（global design），这些越界与逾矩的行为是可以被允许的。克里斯蒂娃认为，从这些事例来看，《旧约》的王权观念其实是建基于逾越与跨界的行为上的。就《路得记》的故事而言，外邦人路得的出现是要提醒神的选民，"神的启示往往需要某种失检的行为，需要对激进他性（radical otherness）的接受，对某种外来属性的承认"。（Kristeva，1991:75；Kristeva，1993:24）克里斯蒂娃以为，这一切无非是在提醒我们承认"他者的丰饶"（the fertility of the other）。而在路得的故事中，路得所扮演的正是这么一位他者的角色。

美国小说家奥齐克[1]（Cynthia Ozick）也认为，《路得记》所叙述的不是一个简单的异族通婚的故事，何况对以色列人而言，这个异族还是一个"外邦人，一个外国文化的成员"。（Ozick，1994:215）奥齐克的诠释寄予俄珥巴相当多的同情。其实拿俄米非常清楚，如果俄珥巴与路得仍然维持其

---

[1]　奥齐克（1928—　），美国犹太裔作家，著有《信任》、《斯德哥尔摩弥赛亚》等。

摩押人的信仰，她们不可能为以色列人所接受；因此她不希望她们跟随她回到以色列去。俄珥巴在拿俄米的要求下，未坚持跟随拿俄米前往伯利恒，她放弃自我放逐，没有成为外邦人。她留在自己的家乡摩押。若按奥齐克的说法，她只是跟常人一样，选择依常规（normality）行事，而常规通常是较缺少灵视的（visionary），常规容易教人满足（224），因此常规排斥逾越与跨界的行为。跟俄珥巴相反的是，路得则以其特立独行（singularity）而无意中参与了以色列的未来历史。当俄珥巴决定留在故乡摩押的时候，路得却对拿俄米许下诺言："你往哪里去，我也往那里去；你在哪里住宿，我也在那里住宿；你的国就是我的国，你的神就是我的神。你在哪里死，我也在那里死，也葬在那里。"（《路得记》1:16—17）奥齐克表示，路得这些话固然不乏动人的亲情，但是当她说："你的国就是我的国，你的神就是我的神"的时候，她的话尤其充满神秘的灵视（227），因为从社会的理性而言，路得没有任何理由不留在自己的故乡，而非选择离乡背井不可（225）。路得的话也注定了她必须越界与逾矩——她必须归化以色列，改信以色列的神，也就是极力抑制或淡化自己的外来属性，放弃自己的宗教与文化传统，希望能换得以色列人的信任。换句话说，路得非常清楚，她不可能把她的神带到以色列去，她不可能丝毫未加改变而能够加入以色列。
这是她与俄珥巴不同的地方。路得的诺言同时教以色列人放
心：外邦女子路得不仅不会为以色列人和他们的宗教带来危
险，反而会为以色列的王权系谱带来新的活力。霍尼格[1]
（Bonnie Honig）因此特别指出，从《路得记》的文本来看，
路得也可能只是向拿俄米保证——就像之前或之后的许多移
民那样——"她不会惹任何麻烦"。（Honig，2001:53）

　　路得的重誓恳切而动人，但其激烈的程度也使之难免充
满暴力，就好像桑内特（Richard Sennett）[2] 所描述的 1848
年之后革命民族主义支配下那些去国离乡的巴黎异乡人，"仿
佛惨遭截肢的外科病人"[3]。（Sennett，1996:178）路得情急
之下发下重誓，彻底斩断自己的根——她的国与她的神——
以求取以色列人的信任；有趣的是，她的誓言一再诉诸空间

---

[1] 霍尼格，美国政治、法律理论家，尤其专注于民主和女权领域，著有《政治理论
　　和政治位移》、《民主与外国人》等。

[2] 桑内特（1943—　），著名社会学家，伦敦政治经济学教授，著有《19 世纪的城
　　市》、《阶级隐藏中的伤害》、《肉体与石头》、《新资本主义的文化》等。

[3] 1848 年之后，欧洲若干国家对风起云涌的大小革命压制不遗余力，许多革命分子
　　和无政府主义者不得不远走他乡，流亡异国。再加上战争频仍，工业革命后生产
　　方式与生产关系的改变，农村与乡镇破灭，大批政治与经济难民于是向各国的都
　　会流动，造成大移民或大迁徙的现象。有关这一段移民的历史社会学考察，可以
　　参考萨森（Saskia Sassen）的《客人与异乡人》（Guests and Aliens）一书第 3 章
　　（33 — 50）。——原注

或疆界用语，正好也呼应了桑内特所界定的 1848 年革命之后民族主义笼罩下的文化观："传统、习俗、信仰、娱乐、祭仪——全靠在某个疆域形成。此外，维系祭仪的地方就是像自己的人所组成的地方，可以不加解释，自己即可与这些人分享了解的地方。疆域因此成为身份的同义词。"（179）

霍尼格是以克里斯蒂娃和奥齐克对《路得记》的诠释为基础，进一步将这个《旧约》的故事重新部署为移民的象征性政治。霍尼格像克里斯蒂娃和奥齐克那样，视路得为所谓的模范移民，为以色列的王权传承带来新的契机，也为以色列的文化注入新的元素与生命力。不过霍尼格认为，路得的加入也无异"动摇、稀释，甚或分裂了（以色列人的）社群认同感"。（Honig，1998:201）换句话说，不论将路得的现象视为同化或者统合，路得的例子都正好说明了外邦人——以及移入国——的尴尬处境：路得的外来属性一方面发挥拨乱反正的功能，结束了士师时代的动荡腐化，延续了以色列的王权命脉，并丰富了以色列的社会与文化生命；另一方面却也因此削弱了以色列王权的纯正性，更减低或杂化了以色列文化中的犹太属性。换句话说，往后的以色列王权已难保血统纯正，但这种不纯正性却也是以色列帝王世系得以延续的重要原因。克里斯蒂娃称此现象为"外来属性的重要铭刻"

（Kriszeva，1993:23）[1]。

《路得记》虽以路得为名，但它毕竟是以色列的文本，叙述的终究是以色列的故事。因此，当俄珥巴和路得嫁入来自伯利恒的以利米勒家时，我们看不到摩押人的反应；甚至在路得自愿离乡背井，随婆婆拿俄米远赴伯利恒时，我们也看不到其摩押家人或同乡的反应。《路得记》基本上是掌权者的叙事，由于这个叙事主要关系到以色列帝王世系的传承，路得在此传承的过程中善尽其命定该扮演的角色，此外其他都是枝节。因此故事结束前清楚记述，路得在生下俄备得之后就从故事中销声匿迹，拿俄米反而变成了俄备得的养母，邻舍的妇人甚至说："拿俄米得孩子了。"（4:17）霍尼格因此认为，这样的结尾似乎暗示：外邦女子路得的威胁与危险还是存在的，尽管大卫王朝的血统难保纯正已是不争的事实，但是为了未来大卫王朝的稳定，顺利传承与发展，路得注定要被消声或被边陲化，她的地位仍须由拿俄米来取代。路得只是在关键时刻出现的某种填补（a supplement），随后即被贬抑，被边陲化，因为以色列社群的目标不在完成一个"历经

---

[1] 克里斯蒂娃语重心长地指出，在现代以色列所经历的政治与宗教苦难中，这种外来属性的注入应该受到鼓励（Kristeva，1993:23）。这个说法当然委婉地批评了过去数十年以色列对待巴勒斯坦人的政策。——原注

挑战与考验的民主政体"，而是为了延续"血亲式的民族身份"。（Honig，2001:71）也就是说，即使路得选择了以色列的神，入了以色列的国，甚至关键地参与了以色列的历史，最后仍不免会被消音，被写"出"以色列的文本，隐匿在文本之外，或在文本之外不知所终。这是《路得记》的作者为摩押女子路得安排的最后结局：隐形，消失，缄默，以免读者一再被提醒以色列王权与文化系谱中的他性或外来属性。路得的故事因此也是一位外邦人的他性强遭压制或消隐的故事。

二

　　路得的故事确实是历史现实中许许多多移民的故事。在后帝国、后冷战时代，在日渐全球化的世界，随着全球人口的大量流动，这样的故事正不断在改变许多全球都市或新兴发展国家的地理、人口与文化现象，形成文化人类学者阿帕杜莱[1]（Arjun Appadurai）所说的种族景观[2]

---

[1] 阿帕杜莱（1949— ），著名人类学家，现任纽约大学斯坦哈特学院文化、教育与人类发展学系教授。长期关注全球化、现代性、种族冲突等议题。著有《殖民统治下的崇拜与冲突》、《对少数者的恐惧》、《消散的现代性》等。

[2] 这个概念出于阿帕杜莱所谓的全球文化流动模式，形成此模式的包括种族景观（ethnoscapes）、技术景观（technoscapes）、金融景观（financescapes）、媒体景观

(ethnoscapes)。路得的故事晚近之所以深受重视，显然与故事所涉及的移民议题有很大的关系，克里斯蒂娃、奥齐克及霍尼格等对《路得记》的诠释都必须摆在当代移民问题的脉络来了解。有趣的是，克里斯蒂娃和奥齐克的诠释尤其有意凸显路得的传统女性特质（femininity）——她温和柔顺，对婆婆拿俄米的话言听计从——她们认为路得其实是以此女性特质淡化或驯化其外来属性，消除以色列人对她身为摩押女子的疑虑与敌意，并接纳她成为伯利恒社群的一分子。在克里斯蒂娃和奥齐克看来，路得所扮演的移民角色其实是位施予者或付出者（giver）。因此简单地说，路得的故事是个同化的故事，路得想要证明的是，她对整个以色列社会与王权是个助力，不是威胁。路得显然巧妙地诉诸德里达（Jacques Derrida）所说的"多数人的语言"，尤其是当多数人以好客之道相待时，这种语言正好赋予陌生人或外国人言词能力，让他能够开口发言。（Derrida，2002:232）

霍尼格则认为路得不仅是位尽责的付出者，如果把她的女性美德的那一面拆解，路得立即显露出她其实还是一位积极主动的收取者（taker），她和拿俄米从波阿斯身上得到的一

（mediascapes）及意识景观（ideoscapes）。这些流动所造成的断裂也构成全球文化政治的中心（Appadurai，1996:37）。——原注

切都是她主动取得的。"她出现在他的麦田；他慈悲回应。她感谢他的善良，并说明她的外来属性。他付给她更多。不过他并未给予她他应该提供的全面的保护。于是她出现在他的床上，并要求他代表她们（婆媳）两个女人处理土地的问题，因为她们不能代表自己。他再次正面反应。我们甚至可以假设，婚事说不定是由路得提出的。"（Honig，2001:60）霍尼格的用意在说明，路得作为一位外邦女子，初莅伯利恒，无依无靠，势必竭尽所能，以换取拿俄米与她个人的衣食安全。霍尼格这种说法言之成理，如果说人——包括移民或外邦人——都有追求幸福的权利，无论居于何种原因，路得的行动作为其实可以理解。不过霍尼格的说法显然还有不足之处，她似乎忘了，路得不论如何积极主动，她的任何举措背后始终潜藏着一位策划献计的人，一位从策划献计中实质获益的人，那就是拿俄米。路得的大部分行动，主要还是听命于拿俄米，基本上在拿俄米的规划安排之中。她是路得与以色列社会之间的桥梁或中介者，带领路得参与并介入以色列的历史，甚至后来取代路得，成为俄备得的养母。路得无疑是位听话的外邦女子，看似积极主动，但她的行动作为无不在拿俄米的妥善掌控之中，无不在以色列律法的限制范围之内——而拿俄米显然对以色列的律法了如指掌，她至少知道怎么做才可以保住以利米勒家族的土地。

当以利米勒带着妻儿离开伯利恒时，正好"国中遭遇饥荒"（1:1）；他们避居摩押地，10年间以利米勒与两个儿子先后去世，只留下拿俄米和两个媳妇一门三寡，传统解经学认为这是对以利米勒一家的天谴：正当家乡蒙难、同胞受苦的时候，以利米勒一家不思与同胞同甘共苦，反而弃同胞而去；徙居摩押地更是犯了民族禁忌，罪大恶极，因为前文已经提到，摩押人是被摩西诅咒的人，是以色列人的世仇。以利米勒与两个儿子弃世之后，此时拿俄米"听见耶和华眷顾自己的百姓，赐粮食与他们"。（1:6—7）等到拿俄米与路得回到伯利恒，"正是动手割大麦的时候"（1:12），婆媳两人适时赶上大麦丰收的季节。

从饥荒到丰收，时间的因素至为重要。时机好，收成佳，粮食不缺，所以以色列人稍有余粮可以善待从摩押来的外邦女子路得，也没有人会心生不满，指责路得分享他们的粮食——虽然波阿斯对路得的孝行早已略有所闻，他即曾对路得说："自从你丈夫死后，凡你向婆婆所行的，并你离开父母和本地，到素不认识的民中，这些事人全都告诉我了。"（2:11—12）最重要的是，这个例子告诉我们，以好客之道悦纳异己或欢迎外邦人似乎是有条件的。德里达认为大革命之后，法国对待政治难民的态度要比欧洲其他各国来得开放，"但是这种对外国人开放的政策背后动机，严格地说，从来就不是出于伦理……或好客的规律。自18世纪中叶之后，比较而言，法国的出生率下降，显然由于经济的原因，一般而言允许法国在移民事务上比较自由开放；当经济好，且需要工人时，在思考政治和经济动机时，人们倾向于不是那么过于斤斤计较"。（Derrida, 2001:10）悦纳异己，善待外邦人，真的只是政治或经济的问题，而不是同时基于伦理或道德的考虑吗？

上文约略提到，路得的抉择——抛弃她的国，弃绝她的神，或如波阿斯所说的，"你离开父母和本地，到素不认识的民中"——可以说断然而剧烈，甚至充满了暴力。这种捶胸顿足、彻底决裂的决心是出于政治或经济的考虑，抑或是基于伦理或道德的选择呢？当路得向拿俄米保证，"你的国就是我的国，你的神就是我的神"，就模拟或隐喻而言，路得无异于选择了以色列的语言——放弃自己的语言，而开始说以色列的语言，也就是前面曾经提到的"多数人的语言"。德里达即曾借分析《苏格拉底的申辩》（*The Apology of Socrates*）指出："首先，外邦人对法律语言很陌生，好客的责任，受政治庇护的权利，包括其范围、规范、监控等等，却在这种法律语言里形成。他必须在定义上非属于他的语言中要求好客之道，这种语言即是由屋主、主人、国王、贵族、权贵、国家、政府、父亲等等强加在他身上的语言。"（Derrida and Dufourmantelle，2000:15）德里达认为这正是好客之道的问题所在："我们一定得要求外邦人了解我们，说我们的语言……我们才能够，才因此能够欢迎他到我们的国家来吗？"（15）而不幸的是，所谓"我们的语言"往往却是强势的、支配性的语言——主人的语言、父权的语言、统治阶级的语言。如果外邦人已经说"我们的语言"，德里达接着问："外邦人还算是外邦人吗？我们还能够对他谈政治庇护或好客之道吗？"（15—16）当路得已经加入以色列的国，信了以色列的神，当她已经说以色列的语言了，她还算是外邦人、外邦女子吗？以色列还要以好客之道来对待她吗？——因为好客之道暗示主／客之分，暗示我们／他们的差别，路得不是"我们"的一分子了吗？"我们"还要把她当客人吗？路得何时不再是外邦人？何时终止其外邦人的身份？何时开始其以色列国民的身份？何时才会失去要求德里达所说的以好客之道相待的权利？

德里达念兹在兹、反复论证的其实都与上述诸多问题相关：好客是有条件的吗？有没有绝对的、无条件的好客？倘若路得不接受拿俄米的国，不信拿俄米的神，也就是在模拟

或隐喻上不说拿俄米的语言，她有没有权利要求以色列以好
客之道相待？以色列人是不是就不应该、不能够欢迎她，以
好客之道善待她？德里达的论证似乎一再在有条件与无条件
待客之间徘徊协商。他认为："外邦人与绝对的他者之间的差
异——一个微妙且有时难以掌握的差异——在于后者无法取
得名字或姓氏。"（25）而无名无姓的人——绝对的他者——
就不能被奉为客人？就不能以好客之道相待吗？他说：

> 绝对的好客要求我打开我的家，我不仅要为外邦人
> （有名有姓，又有外邦人的社会地位等）付出，同时要为
> 绝对的、不知名的、无名的他者付出，我**让位**给他们，
> 让他们来，让他们到来，占用我提供给他们的位置，既
> 未要求他们同样回报（着手立约），甚至也未要求他们的
> 名字。（15）

换句话说，绝对的无条件的待客善意（hospitality）最后
可能演变成敌意（hostility）。

然则，倘若好客不是无条件的，倘若已经设下种种条
件、种种障碍，好客之道还称得上、还成其为好客吗？如果
不是因为有无条件的好客，何来有条件的好客呢？既有有条

件的好客，不正表示有无条件的好客吗？好客之道始终陷于这样的伦理困境中，陷于德里达自己所说的一种无解的悖论（an insoluble antinomy）、一种难以辩证的悖论（a non-dialectizable antinomy）。一方面是无限制的好客的至高律法（*the* law of unlimited hospitality），把自己所有给予新来乍到的人，不问来者的姓名，不求补偿，甚至不求最低的条件；另一方面则是订定各种律法（the laws），规定各种权利和责任，设定条件，加以制约。（Derrida and Dufourmantelle，2000:77）

在无条件与有条件之间来回协商，好客之道显然不是一成不变的，因为许多情况可能是独一无二的，在常理之外显然还有例外，或者说一切应该视情况而定，不能放诸四海而皆准。德里达花了不少篇幅，不断论证所谓无条件的、绝对的好客之道，然后他说："当然，好客之道施于外邦人，但是像法律那样，是有条件的。"（73）在与卢迪内斯库[1]（Elisabeth Roudinesco）的对话中，德里达特别表明：

---

[1]　卢迪内斯库（1944—　），法国科学院历史学家、心理分析学家，巴黎第七大学首席研究员。著有《雅克·拉康和其他：1925—1985 年的法国心理分析史》、《疯癫与革命》、《镜像阶段》、《拉康》等。

……我始终反对无条件的好客——**纯粹的好客**或**来者不拒的好客**，这样的好客在于让访客到来，不请自来，既未要求任何理由，也未要求他的护照。我赞成**给予受邀而来者好客之道**。

纯粹的**或无条件的**好客假定来访者不请自来，到我身为主人的领地，我掌控家庭的地方，我的疆域，我的语言……他应该或多或少认同此欢迎他的地方所订立的规矩。纯粹的好客在于打开自己的家，迎接不速之客，这可以是个入侵，甚至是个危险的入侵，最后可能造成伤害。诚然，一个有组织的社会，要维持自己的法律，维护自己的领土、文化、语言、民族；一个家庭或国家要能掌控好客之道的种种措施，确实有必要限制与制约好客之道。[1]（Derrida and Roudinesco，2004:59）

德里达的意思是，绝对的好客有时逾越了待客的社会契约，因为任何受邀的客人都必须遵守这样的契约。然而路得并

---

[1] 定居巴黎的摩洛哥裔著名作家本哲伦（Tahar Ben Jelloun）对无条件的好客另有不同看法。他认为，至少对政治庇护而言，"这种好客之道既未立法规定或有所限制：完全自由。而且对法国的荣誉有增无减。这种好客之道所表示的欢迎之意诚然并非无止境，但对那些身陷险境的人却是有所帮助的。这与经济无关，而且也不要求回报"（Ben Jelloun，1999:9）。——原注

不是不速之客，也不是入侵者，更不是绝对的他者，她以全新的身份加入以色列，拿俄米更以她所扮演的中介者的角色引领她，教导她；在《圣经》的主要叙事中，"路得演出了《圣经》的主要题旨——一个民族和土地的绵延存续"。（Berlin，1994:260）我在前文也一再论证，路得在以色列的历史与其帝王世系的传承中，如何扮演其关键性的角色；换句话说，我们在《路得记》看到的是"家族延续的主题演变成国族延续的主题"（Berlin，1994:259）。因此路得不是普通的外邦人，不是普通的外邦女子。当她跨越以色列人的门槛，变成以色列人的妻子、以色列人的母亲，她注定要成为往后千千万万移民的典范，她的故事也难免被形塑为移民的象征性政治。原本好客的观念先验上就隐含他者或外邦人的观念；没有客人，怎么好客呢？不过更重要的是，路得的故事告诉我们，历史的进程——不论是家族的或国族的——原来就充满了难以窥测的神秘灵视，尽管路得的外来属性最后不免被强制写"出"以色列的文本之外（"文本之外无他"，或者"没有外在文本"[il n'y a pas de hors-texte]？），如果以色列人最初未能以悦纳异己的心情与胸襟对路得以客相待，甚至将她纳为"我们"的一分子，以色列往后的历史与王权系谱如何传承延续？

　　能不善待外邦人，尤其是外邦女子？

冷战与政治他者

一

吉尔罗伊（Paul Gilroy）是一位著名的英国黑人文化学者，现任伦敦政经学院的吉登斯讲座教授（Anthony Giddens Professor）。2005 年从美国返回伦敦任教之前，他原任耶鲁大学的非裔美国研究讲座教授。有一次应邀参加学校主办的有关伊拉克战争的政策讨论会，他在谈话中表示：伊拉克战争的动机似乎是"出于一种欲望，为了报复世贸中心与五角大厦遭到攻击……探求这场战争与以色列的地缘政治利益（因此很重要）"。出乎意料的是，这些谈话却让吉尔罗伊惹祸上身。有一位也曾经在耶鲁大学任教的西尔弗斯坦（Scot Silverstein）在学生报纸上读到吉尔罗伊的评论，就向《华尔街日报》（*Wall Street Journal*）投书，把吉尔罗伊比拟为希特勒，认为他的话足以证明"看来道德精神错乱甚或心理虐待狂已经感染左派学术界"。吉尔罗伊后来发现，自己竟然沦为一个专门对付所谓激进大学教授的网站的目标。

　　吉尔罗伊的遭遇不是特例。类似的事件近几年来——特别是"9·11"事件之后——在美国校园中时有所闻。英国《卫报》（*The Guardian*）的记者扬格（Gary Younge）在一篇报道中就指证历历，说明极右翼媒体、教师组织、学生社团、政治与文化团体，乃至于个人，如何在校园——不限于大学——中进行猎巫行动，针对任何批评美国（包括政府与统治阶级）的人加以骚扰与打击。扬格不太愿意以麦卡锡主义（McCarthyism）来形容这些个人与团体的所作所为，但《犯行累累：麦卡锡主义在美国》（*Many Are the Crimes：McCarthyism in America*）一书的作者施雷克（Ellen Schrecker）却认为，这样的模拟不仅可以成立，现在的情形可能"在某些层面更为危险"。在她看来，20世纪50年代的"麦卡锡主义主要涉及校园外的政治活动。现在这些人着眼于课堂上正在发生的事。此事之所以非常危险因为它触及了大

学的核心学术功能"（转引自 Younge, 2006）。左派与自由主
义者固然指控极右翼分子的行径犹如麦卡锡主义还魂，每以
国家安全或爱国主义之名，对持不同意见者进行思想监控与
精神迫害；有的极右翼分子也会摆出一脸无辜，并且反唇相
讥，指责这些左派与自由主义分子才是麦卡锡主义者（另一
种指控则是斯大林主义 [Stalinism]）。

　　麦卡锡主义无疑是现代美国文化记忆中极为黑暗与丑陋
的一页，戕害美国的民主文化至巨。基本上麦卡锡主义是极
右翼政治的产物，对 20 世纪 50 年代美国的政治与文化生活
造成难以磨灭的创伤，而且即使时过境迁，似乎仍潜藏在某
些人心灵的阴暗角落，在关键的时刻就会像幽灵那样飘然出
现。不过当政治与文化的民主生活产生危机或面临威胁的时
候，检讨或批判麦卡锡主义的论述或文化生产活动也会适时
出现。而在这些生产活动中，电影这种大众文化形式往往能
够有效地勾起社会的集体文化记忆。乔治·克鲁尼（George
Clooney）晚近自编自导自演的《晚安，好运》（*Good Night,
and Good Luck*）正是这样的一个典型例子。这部影片叙述
的是哥伦比亚广播公司（CBS）的新闻主播穆罗（Edward R.
Murrow, David Strathairn 饰）当年如何压制麦卡锡（Joseph
McCarthy）参议员气焰的经过。乔治·克鲁尼显然有意以实

录剧的形式处理这段史实，影片中所有麦卡锡的影像与谈话皆取自档案，因此无异于由麦卡锡演出他自己。影片借古讽今的意图昭然若揭，其目的自然在批判当下美国的文化与政治环境及统治阶级若干反民主与钳制自由的举措。乔治·克鲁尼也无意隐瞒这样的意图。在接受阿里·查法（Ali Jaafar）的访谈时，他坦言这部影片"全都与今日有关"：

> 当你看到穆罗在 1954 年所写的那些讲稿，你发现在美国这么一个开放与自由的社会，我们时不时就会来这么一阵子恐慌，而这些原则就会遭到攻击……但这个国家的好处是，我们很快就了解，要保护联邦，我们就不能拿掉民权和自由，因为那时候就没有联邦可以保护了。面对爱国者法和关塔那摩湾，我认为重申我们有权对抗指控我们的人的想法是有趣的。异议者并不等于不忠贞爱国，我们必须保卫这种想法。[1]（Jaafar，2006:6）

---

[1] 乔治·克鲁尼谈话中所谓的爱国者法只是俗称，此法案有一个冗长的名称，即"提供拦截与防阻恐怖主义所需之适当工具以团结并强化美国法案"（Uniting and Strengthening America by Providing Approphate Tools Required to Intercept and Obstruct Terrorism Act，简称 USA PATRIOT Act）。关塔那摩湾（Guantánamo Bay）位于古巴，为美军基地。据报道，此处目前囚禁了 2000 至 3000 位被怀疑涉嫌恐怖主义活动的各国人士；有些已被囚禁两三年，至今仍未经过审讯。相关的研究可参考：David Rose, *Guantánamo：The War on Human Rights*（New York：The

这部影片无疑坐实了乔治·克鲁尼作为自由主义者的标签，他的话显然意在言外，直指布什（George W. Bush）主政下的种种违反民主、戕害自由的政策与作为，让麦卡锡主义的幽灵借机还魂，重新在美国社会游荡徘徊。

其实麦卡锡主义与美国电影工业的爱恨情仇可说牵扯万端，我们不妨从 1953 年所开拍的一部影片谈起。

二

1953 年，一群被众议院非美活动委员会[1]（House Un-American Activities Committee，HUAC）列入黑名单的美国电影工作者聚集在新墨西哥州的银市（Silver City），拍摄一部以矿工罢工为背景的影片。这部电影即是晚近重新受到注意的《社会中坚》[2]（*Salt of the Earth*），参与拍摄的人员包括了曾经列名"好莱坞十君子"[3]（the Hollywood Ten）的

New Pr., 2004）；Michael Ratner and Ellen Ray, *Guantánamo：What the World Should Know*（White River Junction，VT；Chelsea Green，2004）。——原注

[1] 1938—1969 年美国国会众议院设立的反共、反民主机构。委员多是右翼反共分子。

[2] 《社会中坚》按英文名直译应是《大地之盐》，此处遵循我国译制习惯，采取观众习惯的译名。

[3] 1947 年，非美活动委员会发起针对好莱坞左翼导演和编剧的迫害活动。有 10 人在该年 9 月的公开审判中被捕入狱，即为"好莱坞十君子"。他们是阿尔瓦·贝

导演比伯曼（Herbert Biberman），以及黑名单榜上有名的制片贾里科（Paul Jarrico）、编剧威尔逊（Michael Wilson）和演员威尔·吉尔（Will Geer）等。这是贾里科与比伯曼等人所创设的独立制片公司（Independent Production Corporation）的唯一产品。影片的筹备始于1951年年末，编剧威尔逊在新墨西哥州的哈诺瓦镇（Hanover）目睹一场长达15个月的矿工罢工事件，随即以此事件为背景，于1952年写成剧本。拍片计划获得矿业、碾磨与冶炼工人国际联盟（International Union of Mine, Mill and Smelter Workers）的财力支持，于1953年开拍，但其拍摄过程却备受各种势力的干扰，以致波折不断。墨西哥籍的女主角雷韦尔塔斯（Rosaura Revueltas）甚至因护照缺少入境章戳，而以非法入境之罪名被递解离境，影片的拍摄几乎因此功败垂成。事过境迁，20世纪90年代初雷韦尔塔斯在接受访问时，谈到发生在40年前的往事仍然心有余悸，她说：

西（Alvah Bessie）、赫伯特·比伯曼（Herbert Biberman，即《社会中坚》导演）、莱斯特·科尔（Lester Cole）、爱德华·迪麦特雷克（Edward Dmytryk）、小林戈尔德·拉德纳（Ringqold Lardner Jr.）、约翰·劳森（John Lawson）、阿尔伯特·马尔茨（Albert Maltz）、萨缪尔·奥尼茨（Samuel Ornitz）、阿德里安·斯科特（Adrian Scott）、达尔顿·特朗勃（Dalton Trumbo）。

他们逮捕我，好让影片无法完成；他们说这是一部共产党的影片，还说我们是利用莫斯科的钱来拍摄这部影片的。可是资金全都是工人的钱呀！你们都知道拍电影是怎么一回事，你们也知道，影片若要继续拍摄下去，看毛片是何等重要的事。我们从未看过任何的毛片。整部电影是在摸索中拍摄的。我们从未重拍任何场景。在拍摄的过程中，直升机在拍摄现场上空盘旋抗议，还有三K党人焚烧好几位矿工的房子。他们要尽一切手段，就是要让影片胎死腹中。（Riambau and Torreiro，1992:50）

雷韦尔塔斯虽因护照的问题被捕，但警方对这个问题似乎兴趣不大；雷韦尔塔斯在回忆中特别指出："他们一再逼问我的唯一问题是，我和那些参与拍片的人是不是共产党。"[1]（50）如果雷韦尔塔斯的记忆可靠，那么当时警方显然另有所

---

[1] 当时警方动员的程度实远超过对付一位只因护照少了入境章戳的演艺人员。雷韦尔塔斯回忆说："我去应讯，他们要了我的护照，上面既然少了章戳，他们要我跟他们到圣安东尼亚（San Antonia）去。我就像一名罪犯一样，在一列车队的护送下到那儿去。车前有两辆车，车后也有两辆车。在我乘坐的车上，另外还有1名女狱监和4名警员。他们要了我的指纹，为我拍照，同时打算直接送我进监牢去。贾里科找来一位律师，才让我幸免于作阶下囚。他们把我监禁在一家旅馆的房间里，派了3名警员看守我……"后来雷韦尔塔斯在威尔逊陪伴之下搭机飞返墨西哥，她的座位前后甚至分坐着4名情报人员。雷韦尔塔斯和威尔逊一路上一语不发，"就像彼此并不认识似的"（Riambau and Torreiro，50—51）。——原注

图，护照事件只是借口而已。

《社会中坚》于同年摄制完成，在各方抵制无效之后，1954 年 3 月 14 日终于在纽约市约克维尔（Yorkville）的格兰德戏院（the Grande Theater）举行世界首映。影片的首映堪称顺利，一般的影评也相当肯定，不过日后的发行却始终阻碍重重，多半只能在大学或影展中放映。[1] 安德鲁·道迪（Andrew Dowdy）有一段文字回忆青年时代观赏《社会中坚》的情形，可以用来说明这部影片所蒙受的特殊待遇：

> 　　去看《社会中坚》也有潜在的危险。有人警告我们要把车子停在离洛杉矶戏院几个街口之外，因为联邦调查局的干员会在戏院旁的停车场抄录车牌号码。即使这样仍然还要冒险，密探可能在舞台帷幕上剪了个洞，把观众都拍摄下来。(35)

《社会中坚》在美国电影史上有其特殊地位，用历史学者卡普莱尔（Larry Ceplair）的话说，这部电影在历史纪录上

---

[1] 有关影片发行所遭遇的种种阻扰和打击，请参考比伯曼的回忆录：Herbert Biberman, *Salt of the Earth: The Story of a Film*, 50th Anniversary Edn. (New York: Harbor Electronic Publishing, 2003 [1965])：160—204。——原注

有好几个"唯一": 唯一受到美国国内冷战机器全面封杀的影片; 唯一其制作者必须对笼天罩地的阴谋打击提出司法诉讼的影片; 同时也是唯一前所未有地描述弱势族裔工人阶级及其工会的愿景的影片。(Ceplair, 2004:8)《社会中坚》所受到的钳制并不是特例。从 40 年代末期到 50 年代中期, 美国电影界在所谓"红色恐惧"(Red Scares) 的笼罩下, 反共成为当时好莱坞政治的流行修辞。名列黑名单的电影从业人员去职的去职, 转业的转业, 去国的去国, 剩下的大多数或真心诚意、或识时务地向统治阶级靠拢, 电影这个文化工业名副其实地成为阿尔都塞[1](Louis Althusser) 所说的"意识形态国家机器"(ideological state apparatus)。而权倾一时的众议院非美活动委员会则以压制性国家机器(repressive state apparatus) 的高压姿态, 通过电影企图将分歧、矛盾的意识形态统一在统治阶级的霸权意识形态之下。[2]

众议院非美活动委员会原是第一次世界大战之后美国反共意识形态的产物, 俨然以美国白人小资产阶级的代理人自

---

[1] 阿尔都塞 (1918—1990), 法国马克思主义哲学家。著有《保卫马克思》、《哲学与政治》等。

[2] 阿尔都塞有关国家机器的理论已经广为人知, 这里不再转述 (Althusser, 127—186)。——原注

居，其设立目的部分即在于对抗日益壮大的工会与城市新型文化，成立初期也曾不断对作家与演艺人员进行调查，只是其垄断意识形态的角色并未特别受到注意，影响也不明显。迨至第二次世界大战结束之后，东西冷战开始，众议院非美活动委员会才有机会大显身手。该委员会之所以看上电影工业，主要是认为"电影工业已成为 20 世纪生活所有毛病——道德试验、文化混杂、好战的劳工运动以及中产阶级的行动主义——的化身，好莱坞自然被列为非美国主义（un-Americanism）的温床"[1]（May，1989:143）。任何"不爱国、非美国精神……言论及行动被认为是对美国不利的"，都属于所谓的非美国主义。（郑树森，2005:195）而垄断此非美国主义的解释权与定义的正是众议院非美活动委员会。随着该委员会直接或间接地逐步插手好莱坞的文化生产，电影工业终于被纳入冷战意识形态的阵线之中，成为意识形态国家机器的一部分。

　　1947 年，众议院非美活动委员会受电影界保存美国理想联盟（Motion Picture Alliance for the Preservation of

---

[1] 该委员会的情报主要来自联邦调查局。请参考 Kenneth O'Reilly，*Hoover and the Un-Americans：The FBI，HUAC，and the Red Menace*（Philadelphia：Temple Univ. Pr.,1983）：90—94。——原注

American Ideals）之邀，在洛杉矶举行秘密听证会。[1] 该委员会的"诱赤"（red-baiting）行动于焉正式开始。1950 年 2 月，麦卡锡参议员在西弗吉尼亚州的威灵市（Wheeling）发表演说，开始对国务院展开"诱赤"行动。在麦卡锡主义的推波助澜之下，众议院非美活动委员会对好莱坞的清扫活动逐渐升高。经过几次听证会之后，一时之间所有"左"倾或被怀疑"左"倾的势力大致都被逐出好莱坞。不只如此，这时好莱坞也相当配合地开始生产反共电影，单是 1952 年（正好是总统大选之年）就有 12 部之多。好莱坞显然已沦为巩固霸权意识形态的文化生产场域。这个结果看似突兀，其实是其来有自的。早在 1946 年的春天，电影制片人协会（Motion Picture Producers' Association）的新任主席约翰斯顿（Eric Johnston）就很露骨地指出："说来一点也不夸张，现代电影给半个世界定下行事方式。我们之中人人都了解，电影工业影响人心至巨，是人类发明的最强有力的媒介。"（转引自 May，1989:126）约翰斯顿文章的用意主要是在提醒电影从业人员善用电影的文化与政治功能：一方面要消除共产主义

---

[1] 电影界保存美国理想联盟成立于 1944 年，是个反共色彩相当浓厚的保守组织，当时的会员约有 1500 人，其发起人包括沃尔特·迪斯尼、约翰·韦恩、加里·库柏等。——原注

的影响，反击共产主义所带来的"威胁"；另一方面则要合力维护象征所谓美国主义的民主资本主义。换言之，像约翰斯顿之类的好莱坞制片家早就视电影工业为意识形态的物质存在，是再生产意识形态的重要生产工具。而众议院非美活动委员会之介入好莱坞的文化生产，背后的目的正是为了确保能够再生产意识形态的生产条件。[1] 若按葛兰西[2]（Antonio Gramsci）的说法，这正是政治社会（political society）对公民社会（civil society）领域的渗透；也就是说，作为一个政治社会，众议院非美活动委员会直接向好莱坞灌输其政治关怀，并同时赋予好莱坞一种政治迫切感，此之所以有些作证者尽管对该委员会的作为深恶痛绝，却又基于这种危机意识而甘心俯首作证。大导演伊利亚·卡赞[3]（Elia Kazan）正是这样的一个著名例子。他说："我相信政府有权调查国内的共产党运动。我不能假装好像我那些老'同志'并不存在，

---

[1]　这个推论其实衍绎自阿尔都塞所说的"生产的最后条件是生产条件的再生产"（Althusser 127）。——原注

[2]　葛兰西（1891—1937），意大利共产主义思想家、意大利共产党创始者和领导人之一。

[3]　卡赞（1909—2003），美国著名话剧、电影导演。曾成功导演话剧《欲望号街车》（后将其搬上银幕）、《推销员之死》等。凭借电影《君子协定》（1947）和《码头风云》（1954）两获奥斯卡奖。1999 年获奥斯卡终身成就奖。因在麦卡锡主义时期揭发、指证同行备受争议。

而且没有什么活跃的政治计划。我也没有办法接受他们的谎话，说共产党就像共和党和民主党一样，只是另一个政党。我对共产党摸得一清二楚，这是个组织完善的世界性阴谋。"（Kazan，1989:449）

政治社会之渗入好莱坞，并使之沦为意识形态的生产场所，其实并非始于冷战时期。在第二次世界大战末期，美俄联盟对付希特勒的第三帝国之际，基于政治宣传需要，好莱坞在战争情报局电影处（Bureau of Motion Pictures of the Office of War Information）的示意之下，也生产了好几部颇有"为共产主义张目"之嫌的亲俄电影，其中较著名的有《莫斯科任务》（*Mission to Moscow*，1943）、《反攻洛血战》[1]（*The North Star*，1943）、《战地交响曲》[2]（*Song of Russia*，1944）等。套用历史学者李柏（Daniel J. Leab）的话说，在这些影片里，"'腐败的俄罗斯'形象已为较理想与较吸引人的形象所取代"（60）。然而历史的诡异之处就在这里。时过境迁之后，这些电影反倒成为众议院非美活动委员会指控好莱坞亲共的证据。不过这些充满了修正主义历史意义的指控

---

[1]、[2] 《反攻洛血战》与《战地交响曲》按英文原名直译分别应为《北星》和《俄罗斯之歌》，此处采用约定俗成的译名。

有时不免走火入魔，作证者每因随着该委员会的音乐起舞，以致证词流于浮说游语，其中甚至不乏捕风捉影，故入人罪之辞。[1] 总之，按众议院非美活动委员会的文化逻辑，好莱坞既然能够生产反共电影，当然也能够生产亲共电影；换言之，该委员会深谙电影工业的生产与分配活动，因此相信有必要通过国家机器的强行介入，将好莱坞的文化生产纳入冷战意识形态的生产部门之中，为他们心目中的冷战时期的美国利益服务。

三

伊利亚·卡赞可能是众多作证者当中最受时人推崇的导演

---

[1]　在这些负有政治使命的影片中，最令该委员会焦虑不安的是米高梅（M-G-M）出品的《战地交响曲》。罗伯特·泰勒在这部影片中饰演一位美国指挥家，在德军侵苏前夕正巡回苏联演出，途中并娶苏联农家女（Susan Peters 饰）为妻。希特勒挥军北上，农家女毅然投身保卫祖国的行列，新婚不久的指挥家只好黯然返国，神伤之余仍然不忘告诉其美国同胞："我们都是战士——肩并肩为全人类作战。"真是毫不掩饰地一语道破美苏联手抗德的战时主题。可是为这部电影作证的剧作家艾恩·兰德（Ayn Rand）却别具慧眼，她一眼看穿这部电影的问题：原来出现在影片中的苏联人笑了！艾恩·兰德理气壮地说："共产党的宣传老套就是让这些人微笑。"这话引起了听证会要角之一的众议员麦克杜威尔（John McDowell）的好奇。他追问道："他们难道不会微笑吗？"艾恩·兰德答道："不是这样子的笑法，不是这样子的。如果他们微笑，那只有在私底下或偶然间。可以确定的是，不是社交的微笑。他们不会以微笑来表示赞同他们的制度"（Wills，1976:3－4；同时请参考 Whitfield，1991:129－130）。——原注

之一。1999年，美国电影学院把奥斯卡终身成就奖颁给了他，在颁奖典礼上，许多影艺名人竟一反常态，静坐不动，以缄默表示抗议。半个世纪前伊利亚·卡赞向众议院非美活动委员会告发而自保的行为显然依旧余波荡漾，并未随岁月的逝去而为人所遗忘。当年在告发事后，伊利亚·卡赞曾在《纽约时报》（*New York Times*）刊登整版广告，为他的决定与行为辩解（Sefcovic，2002:329）。后来在长达800余页的回忆录《一生》（*A Life*）中，伊利亚·卡赞详细叙述了其作证的始末经过：他如何面对生平最痛苦的政治与道德抉择，如何在犹豫、煎熬之余，决定向众议院非美活动委员为告发同行——包括若干老友——的亲共活动；在告发之后又如何面对接踵而来的奚落与嘲弄。在1952年1月14日所举行的秘密听证会上，伊利亚·卡赞除了交代自己早年的左翼活动之外（他在1934年加入共产党，两年后退出），绝口不提他人的行为。3个月后，几经挣扎，他决定改变初衷，在第二次听证会上和盘托出影剧界的左翼活动。当时被他告发的同行就达16人之多，其中还包括身为剧作家的好友奥德茨（Clifford Odets）——虽然奥德茨后来自己也出面作证。[1] 伊利亚·卡赞在回忆录

---

[1] 奥德茨在作证告发别人之后，整个人完全变了样。伊利亚·卡赞回忆道："忧伤的事实是，我可以承受的事却对奥德茨造成致命的伤害。在作证之后，他不再是以

中列举了若干理由为自己辩解，最重要的当然是他对剧作家莉莲·赫尔曼（Lillian Hellman）所说的："如果我不作证说明我所知道的一切，我不可能再留在电影界工作。"（Kazan 1989:461）这时已是 1952 年春天，过去数年间被众议院非美活动委员会迫害而离开影剧界的人已不在少数，伊利亚·卡赞对自己处境之艰危，不可能毫无感觉；事实上 20 世纪福克斯（Twentieth Century-Fox）的总裁斯库拉斯（Spyros Skouras）早已对他在第一次听证会上的表现表示忧心与不满。

伊利亚·卡赞事件最大的争议可能还是在于告发行为（informing）的道德性。众议院非美活动委员会每以爱国心合理化作证者的告发行为，伊利亚·卡赞难免也受到这种国家大义的影响，所以他会怀疑："迄今我以缄默来保卫的一切算不算是为另一个国家效劳的阴谋呢？""何以我要花这么长的时间考虑向国人说出我所知道的一切——这一切的整个意义？是不是因为道德强制我们反对'告发'呢？"（Kazan，

前的他了。当他作证的时候，他就放弃了他的身份；他不再是叛逆的英雄、新世纪无惧无畏的先知。这件事让他的声音喑哑了。他的声音不再充满清脆的声调、爆裂的情感。最后带给我力量的却耗尽他的力量。我认为他应该坚持抗拒，保持他珍贵的身份，以他最佳的自我活下去。在他死去之前，他已经先死了。"伊利亚·卡赞显然从奥德茨的遭遇看到了"众议院非美活动委员会所造成的可怕灾害"（Kazan，1989:463）。——原注

1989:459－60）事隔多年之后在面对访谈者时，伊利亚·卡赞仍然自认这是他一生行事中最为含混矛盾（ambivalent）的决定："显然，检举别人的名字是有些令人厌恶。另一方面……当时我相信整个苏维埃帝国是整体一致的（后来证实并非如此）。我另外觉得他们在韩国的所作所为是侵略行为，本质上是帝国主义的。我当然不喜欢那些右翼分子……我有两种感觉：一种感觉是，我的作为令人反感，另一种感觉则刚好相反。"（Ciment，1974:83；同时请参考 Kazan，1989:449）

　　告发行为的道德含混显然成为日后伊利亚·卡赞心中挥之不去的执念，他不仅在访谈、回忆录中一再为自己的行为辩护，事实上在听证会后他所执导的第一部影片中，他就开始阐释、反省告发行为的道德性。这部影片就是在 1954 年同时获得数项奥斯卡金像奖的《码头风云》（*On the Waterfront*）。基本上《码头风云》乃是美国冷战文化的产物，影片虽未直接指涉政治，但却一向被认为很能生动地说明那个时代的政治气氛。伊利亚·卡赞甚至自承颇为认同影片男主角特里·马洛伊（Terry Malloy）的最后行为，他认为特里·马洛伊的遭遇与其自身的遭遇颇有类似之处：

　　　　特里·马洛伊的感受和我一样。他感到羞耻，同时又以自己为荣。他在这两种心情之间摇摆不定。人们——他的朋友——排斥他，这个事实也令他伤心。他又认为（告发）是个必要的行为。他觉得自己像个傻瓜，但又对自己深以为傲，因为他发现他比身边其他的人都来得好。就是那种含混矛盾。[1]（Ciment，1974:110）

《码头风云》是以当时纽约码头犯罪为背景，影片主要是在揭发码头搬运工人工会如何为工会头子所把持，然后将之作为个人作奸犯科、营求非法私利的工具，工会主体的工人在工会头子的恶势力淫威之下，反而沦为只知奉行聋哑哲学、默默承受剥削的一群。马龙·白兰度（Marlon Brando）所饰演的特里·马洛伊原是位拳击手，后为工会头子佛兰特（Johnny Friendly, Lee J. Cobb 饰）所用，虽不至于为虎作伥，

[1] 伊利亚·卡赞在回忆录中说得更清楚："最后当马龙·白兰度向工人群众头子……喊道：'我很高兴我所做的一切——你听到我说的话吗？——很高兴我所做的一切！'那是我以同样的热情在说我很高兴我去作证了。有好几个月我每天被旧日影剧圈的老朋友奚落，我没有忘记，也不会原谅那些奚落我的人——有些人还是老朋友；因此马龙·白兰度回到码头'争取'工作却被长年一起工作的人排拒时——世人皆知那一幕也是我的故事。因此影评人说我把我的故事和感情融入银幕里，为我的告发行为辩护，他们说得对。把我的感情从我的经验转换到银幕上，正是那些镜头的长处。"（Kazan, 500）《码头风云》的编剧为舒尔贝格，也是位前共产党员，在 1952 年 5 月 23 日向众议院非美活动委员会作证，揭发共产党员的活动内幕。——原注

但却只知明哲保身，不敢揭发佛兰特的连串罪行。影片的镜头多摆在特里·马洛伊身上，伊利亚·卡赞以熟练而强有力的场面调度经营分析特里·马洛伊的心路历程：他对告发佛兰特犯罪集团的态度，如何从否定逐渐转为肯定。伊利亚·卡赞与编剧舒尔贝格（Budd Schulberg）花了不少场景叙述告发行为的危险性（有人因此被杀）及其必要性；目的当然在为告发行为的道德性辩护。换言之，在叙述特里·马洛伊所面对的道德困境时，伊利亚·卡赞和舒尔贝格等于重述他们（乃至于其他作证者）与众议院非美活动委员会交手的经验，并借此检讨告发——特别是政治告发——的伦理与道德意义。相对于工会犯罪集团的邪恶凶狠，影片中特里·马洛伊的告发行为已经变成一种公民责任的实践，这正好符合众议院非美活动委员会支配下的美国冷战政治的道德要求。《码头风云》虽然反省了告发行为的道德性，但是由于受制于编导者的个人经历，其叙事结果反而更进一步巩固统治阶级的霸权意识形态。

这一切尤见于影片临结束前特里·马洛伊向犯罪调查委员会（Crime Commission）作证的那一场。镜头扫过听证室，工会恶势力分子、记者、调查员及相关民众将听证室挤得水泄不通，但空间分配大致井然有序，与现场权力的部署颇能互相对应。听证室明窗净几，虽然略嫌拥挤，但也凸显了听证会的公开透明。在整个调查、作证的过程中，佛兰特犯罪集团尽管人多势众，态度却显得轻浮而气急败坏，佛兰特甚至一度失控，差点向特里·马洛伊动武；相形之下，特里·马洛伊显得诚恳而义无反顾。整个听证室的空间安排与听证程序多少有意凸显民主与平等的意义，至少在听证会上我们看到特里·马洛伊所代表的被剥削阶级与佛兰特犯罪集团之间的平等关系；犯罪调查委员会因此具有保障美式民主平等的正当性与功能性，与犯罪调查委员会合作，当"友善"的作证者于是成为保护个人与群体利益的公民责任。此之所以特里·马洛伊在作证结束之后，调查员当众对他说："你让诚实的人可以在码头工作而不必忧心职业安全，也不用为此心神不宁。"伊利亚·卡赞多次说过，他并不后悔向众议院非美活动委员会作证检举，道理恐怕就在这里。不过特里·马洛伊与伊利亚·卡赞等人之间的情况仍然有其分际。惠特菲尔德（Stephen J. Whitfield）对此曾提出颇为深入肯綮的批评：

佛兰特与其爪牙充其量只是杀人凶手，向警方检举他们一目了然的罪行是任何公民原则上都不会反对的行为。伊利亚·卡赞和舒尔贝格向众议院非美活动委员会提供的则是同事、友人的名字，这些人既未作奸犯科，更遑论犯上黑道杀人的勾当。把告发的问题从娱乐政治移转到码头黑社会，这些演艺人员只是徒然简化他们所面对的道德难题而已。（Whitfield，1991:112）

惠特菲尔德的结论是："冷战文化足以将一位犹大的人物改变为耶稣的象征。"（113）

然而《码头风云》的政治寓意显然不仅于此，它同时反映了冷战时期美国统治阶级对工会日渐壮大的顾忌与恐惧——工会与左翼政治的关系更是令许多因汽车工业、石油业、房地产等而致富的右翼"新富"（new rich）芒刺在背；战后的连串工潮也使这些人意识到地位政治（status politics）的重要性。为确保新近挣来的财富与社会地位，他们顺理成章就成为诸如众议院非美活动委员会等极右势力的重要支持者。（Bell，1988:111）从这个角度看来，好莱坞的"反共猎赤"行动自然不应只被视为若干极右势力的非理性行为而已，拉里·梅（Lary May）认为这些行动其实是"企业领袖所发动的一场革命性行动，希望将国家价值和普遍意象从与现代资本主义为敌的思想学说中改变过来"。[1]（May，1989:127）《码

---

[1] 拉里·梅此文对好莱坞若干"左"倾工会如何被收编的情形有相当详细的叙述与分析，值得参考。有关 20 世纪 40 年代末期美国工潮的叙述与分析，请参考 Robert

头风云》之反工会只是这种地位政治的部分活动而已。

影片中的码头工会头子不但剥削工人，甚至为保护自己与集团的非法利益而不惜杀人灭口。这样的情节安排在策略上即明显地排除了工会的政治意义——工会非但不再是争取工人利益的政治斗争机器或场所，反而成为压榨工人的非法敛财组织。《码头风云》的政治性即在于此非政治性。影片中有一组镜头叙述佛兰特的手下大个子迈克（Big Mac, James Westerfield 饰）在码头分配工作的情形，可以看出伊利亚·卡赞如何利用摄影机的位置，以前后景的强烈对比匠心独具地将反工会的意识形态融入镜头之中。大个子迈克吹起哨子召集码头搬运工人，摄影机从他的背后拍摄，他硕大的背影几乎遮盖了半边银幕，数十位工人则面向镜头，脸露无奈地群聚在他的面前，有些甚至焦虑地伸手向他要求签牌（这样当天才算分配到工作）。当尚未取得签牌的工人开始骚动时，大个子迈克将签牌往工人的身后一撒，工人立即慌忙掉头俯身在地上推拉抢夺签牌。摄影机降到地面，镜头往上搜寻工人争夺签牌的焦急表情，此时佛兰特的其他部下则在一旁讪笑。这一组镜头跳接流畅自然，有力地同时呈现了工会的腐败与

H. Zieger, *American Workers*, *American Unions*, *1920—1985* (Baltimore: Johns Hopkins Univ. Pr., 1986): 100—36。——原注

工人群众的无奈，将工会头子与工人群众完全摆在对立的阶级位置，这一组镜头的政治性即在于此：一方面进一步分化工会头子与工人群众间的阶级感情，另一方面则加强观影者对工会头子所留下的恶劣印象。[1]

《码头风云》在意识形态上无疑乃是好莱坞与美国当时统治阶级共谋合作的产物，保守的美国电影学院颁给它数项最重要的奥斯卡金像奖（包括最佳影片、最佳导演、最佳编剧、最佳男主角）诚非偶然，它在宣扬与巩固统治阶级的意识形态霸权方面显然颇为成功。就个人而言，伊利亚·卡赞也相当生动地借着影像为自己的告发行为的道德性辩护，同时对嘲弄、抨击他的人也不惜加以反击，这一点可见于他处理工人群众对特里·马洛伊作证之后的反应上——这些工人因为深怕失去工作，对挺身作证、要将工会犯罪集团绳之以法的特里·马洛伊非但未给予有力的支持，反而冷漠以待，甚至反唇相讥。在伊利亚·卡赞的影像世界里，工人阶级的异化似乎并非源于资本主义的生产与分配模式，而是工会内部宰制关

---

[1] 进一步的分析请参考 Kenneth R. Hey，"Ambivalence as a Theme in *On the Waterfront* (1954)：An Interdisciplinary Approach to Film Study"，in Peter C. Rollins，ed.，*Hollywood as Historian：American Film in a Cultural Context* (Lexington：Univ. Pr. of Kentucky，1983)：171。——原注

系造成的结果：工人阶级由于长期依赖工会头子的利益施舍，以致失去其阶级自主性，最后只能以缄默容忍这种不合理的支配关系。尼夫（Brian Neve）认为《码头风云》扭曲了码头世界的权力现实，不是没有道理。（Neve，1992:196）

伊利亚·卡赞似乎有意借码头工人之异化批判时人缺乏集体行动之能力，工会领导阶层之所以能够为所欲为，显然与工人阶级无法团结采取集体行动有关。其实 20 世纪 50 年代的好莱坞还有若干影片，同时对时人缺乏集体行动的能力采取批判的观点，只不过立场与伊利亚·卡赞完全相反而已。

较《码头风云》早两年完成的《正午》（*High Noon*，1952）只是类似的例子之一。加里·库柏[1]（Gary Cooper）在影片中饰演即将离职的西部小镇警长，当年被他拘捕下狱的歹徒与手下在他离职之日企图重返小镇寻仇。镇民逃逸的逃逸，走避的走避，有的冷漠以对即将到来的危险，有的则希望警长离去，以为这样小镇即可免于祸端。警长在求助无人之下，只好独立应敌；最后在其妻（Grace Kelly 饰）暗中协助之下，终将 4 名顽敌击毙，警长对镇民失望之余，抛

---

[1]　加里·库柏（1901—1961），美国著名演员，曾出演《战地钟声》、《约克军曹》、《正午》等片，凭《约克军曹》（1941）和《正午》（1952）两获奥斯卡奖。1961 年库柏获奥斯卡终身成就奖。

下警徽偕新婚妻子离去。《正午》改编自甘宁汉（John W. Cunningham）一篇叫《锡星》（"The Tin Star"）的小说，编剧卡尔·福尔曼（Carl Foreman）看出此故事中的小镇与麦卡锡主义宰制下的好莱坞颇有平行之处：邪恶势力压境，居民既束手无策，又无法展开集体行动以求自救自保，影片最后竟然必须诉诸浪漫的个人主义，才使小镇幸免于难。尽管导演弗雷德·金尼曼（Fred Zinnemann）否认《正午》的当代意义，卡尔·福尔曼则认为好莱坞在外来政治压力之下已有崩溃之势，《正午》无疑是他对好莱坞社群屈于现实政治而不思行动的有力批判。

我们还可以举唐·西格尔（Don Siegel）1956 年的力作《天外魔花》[1]（*The Invasion of Body Snatchers*）进一步说明。影片的故事发生在加州某个叫圣塔米拉（Santa Mira）的小镇。越来越多的镇民行为变得相当怪异，尤其变得冷漠缺乏感情。镇上医生本耐尔（Miles Bennell, Kevin McCarthy 饰）深为若干病患与友人的行径所惑，他在明察暗访之后，终于发现这些镇民其实只是行尸走肉而已，身体早已在睡梦中为来自外星的某种荚状物（pod）所攫，如今虽仍保有人

---

[1] 《天外魔花》按英文名直译应为《夺尸记》，此处采用约定俗成的译法。

形人语，但是灵魂与感情早已尽失。在本耐尔医生奔走求救无效之后，整个小镇最后终于落入这些荚状人（pod people）的手中，本耐尔医生则是镇上唯一幸免的人。电影结束时他正被荚状人追捕而身陷公路车阵之中。他一身狼狈，一边慌乱地拦车，一边则不停地向来往的车子喊道："你们这些笨蛋！你们有危险了！你们还不知道吗？他们不会放过你们的！他们不会放过我们所有的人！我们的妻子！……我们的孩子！……每一个人！……他们已经在这儿了！你们是下一个！你们是下一个！你们是下一个！……"在《正午》临结束前，加里·库柏所饰演的警长威尔·凯恩（Will Kane）具现了浪漫的个人主义，最后还带着新婚的美貌妻子驾着马车离去。《天外魔花》的结尾则大异其趣。本耐尔医生在女友也变成荚状人之后，被迫成为一位孤独的个人主义者，非但无力挽救小镇，反而为荚状人所追；最后虽然获救，但是医生成了病人，在医院中追述其遭遇时还被另一位医生以精神病人相待。

和《正午》的编剧卡尔·福尔曼一样，《天外魔花》的编剧梅因沃林（Daniel Mainwaring）也是一位"左"倾的电影从业人员，影片拍摄时麦卡锡参议员虽然已经失势，但麦卡锡主义的阴影仍在，众议院非美活动委员会也依然大权在握，因此梅因沃林也只能以相当晦涩的情节安排，将《天外魔花》

写成一部指涉复杂、象征丰富的政治寓言。导演唐·西格尔尽管表示无意强调《天外魔花》的政治层面，但也不得不承认该影片"对麦卡锡参议员与集权主义的政治性指涉是不可避免的"。(Lovell，1977:54)

《天外魔花》中的圣塔米拉小镇隐然是好莱坞（乃至于冷战时期的美国社会）的缩影。表面安详的小镇实则危机四伏。在外力入侵之后，镇民最先必须面对的即是是非真假难分的问题。荚状物在睡梦中攫取镇民的身体，因此镇民自梦中苏醒时，身体其实已为异物所有，虽仍保有原来的记忆，但情感已非原来的情感，心智也非原来的心智，其余则毫无异样。在这种情形之下，尚未被袭的镇民根本无从识别身边亲友的真假；换言之，在外力入侵之后，圣塔米拉已经沦为一个真假难分的小镇。及至小镇完全为外力所据，真假顿时易位，小镇于是成为一个以假为真的世界。小镇所剩的唯一真人——也就是本耐尔医生——反而变为异己或他者，最后不得不逃亡以维持自我。

《天外魔花》最令人惧怖的就是这种以假为真的可能性。镇民因为真伪不辨，是非不分以致外力乘虚而入，小镇终告沦陷，于是"一种令人毛骨悚然的荚式的（podlike）整齐划一"(LaValley，1989:6) 开始统摄着整个小镇，这正是好莱坞（美国）在麦卡锡主义淫威之下的写照。《天外魔花》的编导显然对集体行动的可能性感到悲观，最后只能诉诸孤独的个人主义，勉强为抗争留下一线生机。

四

1959 年 1 月 27 日，环球电影公司（Universal Pictures）投资拍摄的一部大制作正式开镜，这部影片就是后来引起不少争议的《斯巴达克斯》（*Spartacus*，1960）。影片叙述的是 2000 年前一位罗马奴隶角斗士领导奴隶抗暴，几乎推翻罗马帝国的史诗故事。影片在 1961 年 10 月首映，包括美国退伍军人协会在内的右翼组织与个人曾经群起抵制，但当时就任尚未一年的肯尼迪总统却参加了首都华盛顿的首映，无异给予影片公开的肯定。《斯巴达克斯》是依好莱坞公式拍摄的典型大制作，虽然也获得了数项不大不小的奥斯卡金像奖，担任导演的斯坦利·库布里克[1]（Stanley Kubrick）却始终避谈这部电影。尽管如此，摆在本书这一章的论述脉络里，《斯

---

[1] 库布里克（1928—1999），美国著名电影导演，其电影类型多样，著名作品《洛丽塔》、《奇爱博士》、《2001 太空漫游》、《发条橙》、《闪灵》等均为影史不朽之作。《斯巴达克斯》是库布里克第 6 部电影长片，他凭借此片奠定知名导演的地位。

巴达克斯》仍然有其特殊的历史意义，我想就这个历史意义略加申述，以作为这一章的结束。

我们可以从若干层面把《斯巴达克斯》视为一个政治指标。第一，《斯巴达克斯》改编自霍华德·法斯特（Howard Fast）的同名小说，改编者不是别人，而是 10 年前曾被列名"好莱坞十君子"之一的达尔顿·特朗勃。虽然在影片拍摄期间，达尔顿·特朗勃由于仍然黑名单上有名，而不得不以爱德华·刘易斯（Edward Lewis）之名挂名编剧，但影片放映时银幕上打的却是他的真实姓名，好莱坞的黑名单终于初步宣告失效。其次，《斯巴达克斯》打破十余年来好莱坞的禁忌，是自众议院非美活动委员会的"诱赤"行动以来第一次以"左"倾革命为主题的影片，这在麦卡锡主义横行肆虐的过去 10 年是难以想象的。再加上放映期间右翼保守势力的反扑无效，我们可以说，《斯巴达克斯》突破了长期以来一道围堵着好莱坞的无形政治藩篱，显示好莱坞（乃至于美国其他领域的社会与文化生活）的意识形态环境已经有了变化。《斯巴达克斯》容或艺术成就不大，但近年来其历史意义却日受重视，原因即在于此。[1]

---

[1] 请参考 Duncan Cooper, "Who Killed Spartacus？" *Cineaste*, 18.3（1991）：18—27。这一期的 *Cineaste* 还摘录刊登了达尔顿·特朗勃的《关于〈斯巴达克斯〉的报告》

电影像其他叙事体一样，是詹姆逊[1]（Fredric Jameson）所说的社会性的象征行为（socially symbolic act）。电影就像其他的文化生产一样，可以是一种认可（acceptance）或者抗争（resistance）的形式，或与支配性意识形态同谋共计，或对支配性意识形态加以批判，其本身就是隐含意识形态——乃至于生产意识形态——的文化场域。从以上所分析的若干电影文本看来，不论作为认可或者抗争的形式，电影同时也是意识形态环境的产物。这么说来，20世纪50年代的好莱坞之所以会被众议院非美活动委员会之类的压制性国家机器纳为冷战文化的意识形态国家机器，显然有其策略上的需要。我在上文即曾指出，这些政治人物其实深知电影工业的生产与分配活动，因此对他们来说，电影固然是本土微观政治（local micropolitics）的一部分，同时也是全球冷战政治的一部分，他们之介入好莱坞的文化生产与分配活动，显见绝非偶然。

（"Report on *Spartacus*"）一文，这是达尔顿·特朗勃在看过《斯巴达克斯》的样片后所提出的批评报告。他对样片所呈现的重点甚表不满，认为与其原意相去甚远。后来在他坚持之下，执行制作兼饰演斯巴达克斯（Spartacus）的柯克·道格拉斯（Kirk Douglas）终于接受他的部分建议，重拍若干场面。——原注

[1] 詹姆逊（1934— ），美国著名文学理论家、文化批评家，著述极丰。代表作有：《萨特：一种风格的起源》、《马克思主义与形式》、《语言的牢笼》、《政治无意识》、《文化转向》、《布莱希特与方法》、《全球化的文化》等。詹姆逊又译为詹明信。

异形反扑

　　《异形》第三集（*Alien 3*）在 1992 年春天首映，英国影评人埃米·陶宾（Amy Taubin）随即在《视与声》（*Sight and Sound*）中发表专文，讨论由西格妮·韦弗[1]（Sigourney Weaver）所主演的系列异形电影。作者以下两段文字特别论及最早由雷德利·斯科特[2]（Ridley Scott）所导演的《异形》（*Alien*，1979）：

---

[1] 西格妮·韦弗（1949—　），美国著名女演员。凭借在《异形》中塑造的女英雄里普利的形象成名。代表作有《异形》、《冰雪暴》、《阿凡达》等。

[2] 雷德利·斯科特（1937—　），与其弟托尼·斯科特同为著名导演，受封为爵士。风格多变、题材广泛。代表作品有《异形》、《银翼杀手》、《角斗士》、《天国王朝》、《黑鹰降落》、《美国黑帮》等。

　　发行于 1979 年，雷德利·斯科特的《异形》所利用的是 10 年来为女性主义与同性恋行动主义所松动的焦虑。异形为了替自己的卵寻找一个温暖的寄生主，对性差异的细节区分毫不理会。当异形娃娃（或者如 42 街电影院的某市民所嚷嚷的"有牙齿的小鸡鸡"）自约翰·赫特（John Hurt）的胸膛猝爆而出时，它废除了人类文化之为基础的分野。

　　异形有个史前外貌，它的象征所重现的是被压抑的、对婴儿来处和两性结构差异之幼时恐惧与困惑。它那滴淋淋的露牙嘴巴具备了雌雄双性……假如说两性都隐然心存被怪物强暴与吞灭的恐惧，《异形》则基本上是个男性焦虑的幻想：男人也可能怀孕毕竟是个终极的污蔑。不过，由于影片中的英雄是个女的——不管她多男性化——性别与性差异因而不再稳定。(Taubin，1992:9)

埃米·陶宾这一席相当弗洛伊德式的评论大致概括了自 1980 年《科幻研究》（*Science-Fiction Studies*）发表《〈异形〉座谈会》（"Symposium on *Alien*"）以来《异形》论述的主要观点。而在相当程度上颇能反映这些观点的——尤其是涉及女性主义的观点——我们可以举卡瓦纳（James H. Kavanagh）

的《〈异形〉中的女性主义、人文主义与科学》（"Feminism, Humanism and Science in *Alien*"）以及朱迪思·纽顿（Judith Newton）的《〈异形〉中的女性主义与焦虑》（"Feminism and Anxiety in *Alien*"）这两篇论文加以说明。

　　卡瓦纳对《异形》的分析深受阿尔都塞（Louis Althusser）的影响，他在论文一开始即指出该影片本身为何是个"内部多元决定与矛盾的建构"。《异形》在意识形态上极力凸显科学与人文主义的冲突，但在电影结束时，异形的死则意味着"人文主义胜利的再生"，而最能展现此人文主义的胜利的则是"强力、进步与正当的女性主义"。换句话说，整部电影的问题意识是建立在科学与人文主义的对立矛盾上，最后化解这些对立矛盾的应该是由西格妮·韦弗所饰演的里普利（Ripley）与其所表征的女性主义："这部电影因此呈现了一个相当复杂的女性主义版本的坚强女性，她必须动员所有自主的知性与感性力量，来抵抗（太空母舰上主计算机）母亲（Mother）强加于她的贪婪的阳具怪物，最后并将之除去，而母亲所代表的恰好是缺席父亲（Father，即公司 [Company]）的意志"。更有意义的是，卡瓦纳认为这位具有自主意志的女性"与不同阶层的男性皆保持着完美合理的关系，而且与一位黑人男性工人成为最为有效的盟友"。整部影片最困难的理论工作即在于"如何在人文主义和移情作用的问题意识与科学和知识的问题意识之间协商出理论（与潜在政治性）的距离空间"（Kavanagh，1990:73，77，81）。

朱迪思·纽顿在《〈异形〉中的女性主义与焦虑》一文中则采取几乎与卡瓦纳背道而驰的阅读策略。在她看来，《异形》在立场上与女性主义的关系是相当妥协的，此之所以里普利最后仍然必须复归其传统的女性角色，对宇宙飞船上除她之外仅存的另一个生命——那只叫琼西（Jonesy）的猫——发扬其母性光辉。影片结束时里普利将异形弹射出外层空间，朱迪思·纽顿认为这样的安排其实是在表现两层幻想。"第一层幻想是，个人行动足以解决经济与社会恐慌，因为影片所激发的对晚期资本主义劳动的非人化力量的焦虑都已经转移到异形身上。第二层幻想是，白人中产阶级女性一旦被纳入劳动世界，多少就会让我们避免此劳动世界最恶劣的暴行，特别是它的非人化行为。"在性与性别焦虑方面，朱迪思·纽顿指出，"异形恰好是影片所提供的最原始的——和外来的——物质的场域，也就是行将崩溃的性别角色所激发的性愤怒与恐惧，尤其是白人男性的恐惧"。与卡瓦纳不同的是，朱迪思·纽顿指责里普利"未与弱势族裔、工人阶级或其他女性结盟……她自始至终都是个公司女性（a Company

Woman)。"（Newton，1990:83，85，87）

　　卡瓦纳和朱迪思·纽顿面对《异形》与女性主义的态度可谓南辕北辙，但他们的分析也说明了《异形》作为一个电影文本之含混暧昧——这种含混暧昧所创造的诠释空间正是这个电影文本迷人的地方。除了对女性主义议题的争执之外，卡瓦纳与朱迪思·纽顿所提供的意识形态分析却也不是没有交集之处，这些交集点反映了两人的批判立场，也反映了两人看待文化产品的工具性的基本态度。在这些立场与态度的主宰之下，两人的批评活动自然都是在敷演其征兆式读法（symptomatic reading），目的无不在揭露电影文本中所潜伏的政治潜意识与意识形态运作。卡瓦纳与朱迪思·纽顿所持的大抵是马克思主义的文化批评立场；相同的立场显然未必有助于消除两人诠释上的差异。不过，对于影片中操纵情节发展的无名公司（the Company）所隐含的政治意义，两人的看法倒是颇为相近的。卡瓦纳以为，由于公司猎取异形的任务最后无功而退，影片反大企业主义（anticorporatism）和反军事主义（antimilitarism）的题旨相当明显，因此"公司作为邪恶父亲与公司作为帝国主义者互相认同"（Kavanagh，1990:79）。朱迪思·纽顿则视《异形》为晚期资本主义的文化产品，她的主要关怀在于舰上工人习以为常或习焉不察的异化现象。因此对她而言，"《异形》中的公司代表资本主义最有系统、最计算机化及最非人化的形式"（Newton，1990:82）。不管卡瓦纳的帝国主义或朱迪思·纽顿的晚期资本主义，《异形》中的公司无疑具现了第一世界资本帝国永恒复现的霸权迷梦。事实上，在 1980 年《科幻研究》的座谈会中，早就有人指出影片的异形其实象征着"我们对第三世界的恐惧"（Elkin，1980:289）。

《异形》中的太空母舰舰名诺斯托罗莫（Nostromo）典出康拉德[1]（Joseph Conrad）的同名小说，这个典故当然另有深意。康拉德的《诺斯托罗莫》（*Nostromo*）一书初刊于 1904 年，南非的布尔战争[2]（the Boer War）刚于两年前结束，维多利亚女皇去世不久，爱德华七世的臣民爱国热情仍然高昂不减，大英帝国依旧信心十足；而且像其他帝国主义强权一样，依然每每以教化之名行侵略与殖民之实。在这样的背景之下，也就在布尔战争终战那年，霍布森[3]

---

[1] 康拉德（1857—1924），波兰裔英国小说家，他的小说主要是航海小说、丛林小说和社会政治小说这 3 种。代表作有《黑暗的心》、《吉姆爷》、《诺斯托罗莫》、《水仙花号上的黑奴》等。

[2] 布尔战争指英国人同南非布尔人建立的共和国之间的战争，共有两次。第 1 次布尔战争发生于 1880—1881 年间，第 2 次布尔战争发生于 1899—1902 年间。

[3] 霍布森（1858—1940），英国政治思想家、经济学家。著有《帝国主义研究》、《自由主义的危机》、《战后的民主》等。

(J. A. Hobson) 发表了《帝国主义研究》(*Imperialism*: *A Study*) 一书，初次有系统地批判帝国主义的理论与帝国的政治经济学，对帝国主义与社会结构和经济生活之间的依存关系，提供了相当鞭辟入里的分析。值得注意的是，霍布森直陈帝国主义如何为某些被扭曲的民族主义张目，"以牺牲别人来荣耀自己的贪念与增长自我的财势"。(Hobson，1965:11) 西方帝国主义所造成的恶果是：

> 对非洲和亚洲的争夺事实上重新制定所有欧洲国家的政策，引发各种跨越同情与历史关联等自然界线的联盟，驱使每一个欧洲国家将其物资与人力与日俱增地消耗在军事与海事设备上，引诱美国这个新兴强权走出孤立且投入竞争的浪潮中，并且……成为威胁、扰乱人类和平与进步的永恒动力。(Hobson，12)

霍布森所描绘的景象正是康拉德若干小说的国际背景。康拉德的关怀显然在于帝国主义与殖民主义的实践过程中所产生的复杂效应。《诺斯托罗莫》只是一例，其他我们马上可以想到《黑暗的心》(*Heart of Darkness*)、《水仙花号上的黑水手》(*The Nigger of "Narcissus"*)、《吉姆爷》(*Lord Jim*)

及若干以马来半岛为背景的小说等。《诺斯托罗莫》以南美洲某个叫哥斯达圭亚纳（Costaguana）的地方为背景，简单地说，这是一个关于人如何沦为物质囚徒的故事。小说中大部分角色的心志莫不为 19 世纪一座叫圣多美银矿（San Tome Mine）的矿山所攫，甚至正直如诺斯托罗莫者，在资本主义与帝国主义的操弄之下，也不免要变成"圣多美宝藏的主人与奴隶"（Conrad，1924:554）。小说结束时，我们看到银矿所代表的物质利益甚至成为苏拉哥共和国（Republic of Solaco）存在的理由。萨义德[1]（Edward W. Said）因此甚至视"《诺斯托罗莫》为一部关于政治史的小说"，并且进一步指出，"在数百页的行文过程中，此政治史被化约为一种心灵状态——一种内在状况"。（Said，1975:110）此之所以也有批评家认为，"康拉德真正关心的不是在拉丁美洲所上演的文明与野蛮的冲突，他的关心是欧洲心灵的现状"。（Franco，1990:205）

　　在讨论《诺斯托罗莫》对《异形》的影响时，泰德·比利（Ted Billy）也以类似的观点析论两者在内容方面相似之处：

---

[1]　萨义德（1935—2003），著名文学理论家与批评家，后殖民理论的创始人，巴勒斯坦立国运动的活跃分子。著有《文化与帝国主义》、《东方学》、《知识分子论》、《世界·文本·批评家》等。

"就像《诺斯托罗莫》大部分的角色为圣多美银矿所蛊惑一样,《异形》中的角色都是怪物的受害者。"他同时指出,"此怪物象征着无名'公司'弱肉强食的集团贪婪,它派遣宇宙飞船去执行收取财富利益的自杀任务。更甚的是,公司每以促进人类进步的博爱托词来掩饰其贪得无厌之行径"。(Billy,1989:148)换句话说,《异形》中之太空母舰舰名即指涉康拉德的《诺斯托罗莫》,其政治寓意不言而喻。[1] 所不同的是,康拉德笔下 19 世纪的洲际资本帝国主义,在雷德利·斯科特的影像中已摇身一变而为星际资本帝国主义。在去殖民或后殖民时代,这个分际也致使《异形》的政治寓意显得格外复杂与尖锐。

《异形》一开始,片头即毫不掩饰地以字幕勾勒出资本帝国主义的经济殖民过程:

商业拖舰"诺斯托罗莫"号

船员:7 名

货品:加工提炼

---

[1] 《异形》第 2 集(*Aliens*,1986,James Cameron 编导)中的太空母舰则名叫苏拉哥(Sulaco),也是典出康拉德的《诺斯托罗莫》。这个典故除了表明情节方面与第 1 集的连续性外,自然也不乏政治寓意。——原注

2 亿吨矿石

航程：回返地球

诺斯托罗莫号的航行任务显然是出于商业利益，其任务所重演的只不过是资本帝国对外领土扩张、经济侵略与资源剥削的旧戏码。这种对"市场与原料资源的渗透与控制"也正是威廉姆斯（Raymond Williams）所谓的作为经济制度的帝国主义。（Williams，1985:160）

在回航地球途中，舰上主计算机母亲在公司预先设定的情况下改变行程，航向一颗未知名的星球。除生化机器人阿什（Ash）外，舰上其他人员对此任务一无所知，甚至阿什也是在任务功败垂成之后才因攻击里普利而自暴身份的。改变航程的目的原来是为了从这颗星球猎取外星生物，带回公司提供武器部门作为研发新式武器之用。在探勘这颗星球时，船员之一的凯恩（Kane，John Hurt 饰）为一寄生有机生物所袭。凯恩连同此寄生生物被带回舰上去，其卵寄生在凯恩身上，而后化成异形自凯恩之胸膛崩裂而出。怪物全身黝黑，成长快速，舰上人员在其利齿利爪的攻击下一一丧命，剩下里普利与其对峙，最后终于在里普利设计下，怪物被射出外层空间。里普利劫后余生，与其猫琼西进入超眠

(hypersleep) 状态，在母舰爆毁之后，子舰则自行航返地球。

诺斯托罗莫号的最后航程本来就包藏着极大的阴谋，最令人不寒而栗的是，受命将此阴谋付诸实践的竟是舰上对此阴谋毫无所悉的人——否则也不称之为阴谋了。设计此阴谋的显然是隐身在后、却又无所不在的公司——或者父亲，也就是父权结构。公司高高在上，旨意难测，但从公司交付给诺斯托罗莫号的任务与其所布置的阴谋看来，公司所展现的正是帝国主义与资本主义相辅相成的完美结合：公司对外星的物资掠夺，甚至为了本身的物质利益，不惜下令猎取外星生物，作为研发生物武器之用。公司作为军火资本家的具体象征，最能够体现资本主义与帝国主义的合谋共计。人在此合谋共计中被视为脆弱而难以信赖的生物，只是无知地执行任务的工具而已。在公司心目中，人的地位甚至不如主计算机母亲和生化机器人阿什。公司、主计算机和机器人合作无间，几乎取代人的地位和功能（如果公司多制造几个阿什，根本不再需要其他人员）。机器人阿什为了贯彻公司的意志，甚至准备牺牲里普利，因为公司在主计算机上所下的"特别命令937"一清二楚，丝毫没有质疑的余地："收集标本……保证运回有机生物以供分析。所有其他的考虑都属次要。船员可以牺牲。"论者谓《异形》所反映的众多焦虑中，部分似乎是出于人们对职业可能被取代或面临重整的恐惧，部分则是对以信息和计算机为基础的经济所带来的失业现象普遍感到恐惧。（Prince，1992:168）类似的说法显然并非无的放矢。

公司、主计算机和机器人阿什三位一体，构成一个无形的圆形监狱（panopticon），监控着舰上人员的行动。舰上的空间分配也清楚标示着舰上人员的权力关系与社会关系：母舰的上层是个布置井然、秩序分明、亮丽洁净的世界，这也是个由计算机和自动化装备所操弄的世界，在这个世界活动的是一群高级专业太空科学家。母舰的下层则是整艘船舰的内脏地带，机房千回百转，纠结盘缠，既被烟雾熏得发黑而又潮湿，是个前计算机、重机械的世界。这是机工帕克（Parker，Yaphet Kotto 饰）和布雷特（Brett，Harry Dean Stantan 饰）这两位下层阶级技工活跃的世界。母舰上下层所构筑的象征性空间于是界定了普林斯（Stephen Prince）所谓的“历史的两个时刻”，也就是后工业与工业这两种不同的社会与经济制度。普林斯的说法目的在指陈诺斯托罗莫号的世界如何是个推陈出新而又新旧混杂的世界。他说，诺斯托罗莫号尽管是由“计算机设定程序，并由计算机操作，它仍需舰上工人来侍候引擎。母舰的下层机器轰轰隆隆、嘶嘶作响，而上层则是计算机键盘咔嗒以及传送紧急电子邮件的哔

哗声"。(Prince，1992:169)

里普利或如朱迪思·纽顿所言，"自始至终都是个公司女性"，但是话说回来，置身在资本主义盘根错节的生产结构与社会关系之中，哪一位——包括黑人劳工阶级的帕克在内——最后不都会在某个形式上被纳为公司的人马？哪一位不都必须面对异化的问题？里普利——以及舰上另一位女性兰伯特（Lambert，Veronica Cartwright 饰）——是少数能够出入于诺斯托罗莫号的两个世界的人。她不仅揭穿了公司的阴谋，暴露机器人阿什的身份与成分，还在指挥官遇难之后继续领导船员追袭异形。她与工人阶级的黑人帕克之间的合作，使弱势族群——女性、工人和少数民族——的身影在影片的后半部突然放大而变得相当显眼，这种弱势族群意符（minority-signifier）所蕴含的文化政治正好界定《异形》为一部具有政治潜意识的寓言。里普利、帕克和兰伯特最后联手对付异形，与其说是在捍卫资本主义的价值与生产结构，毋宁说是出于保命的原始求生本能。其实，里普利原来是最服从公司命令的人，为了遵守公司所订下的"标准程序"，她坚决反对允许船员携带有机生物回到舰上。然而反讽的是，由于她对公司的阴谋一无所知，所谓遵守"标准程序"事实上正好有违公司的利益。帕克最关心的则是剥削的问题。他抱怨公司不应临时要求改变航程，猎取异形并不在合同规定的工作范围之内。他对公司一味追求利益、不顾船员死活的做法气愤填膺。"该死的公司，我们的性命不算数吗？"他愤怒地骂道。他并不在乎公司的利益，但是作为工人阶级的一分子，他也无法自外于资本主义的生产关系；因此，他被卷入猎取异形计划，成为公司开发生物武器的共谋者之一，其实是出于不得不然。这份无奈也说明了对立论述在资本主义生产关系的强悍支配下，有时也不得不面对被吸纳收编的命运。

我们除了通过里普利、兰伯特和帕克等人所建构的弱势族群意符认定《异形》的潜意识政治寓意之外，在异形身上，这样的政治寓意似乎更复杂。异形所暗示的性与性别焦虑几乎已成定论，但异形作为一个他者（the Other），其寓意不应局限于性的私人层面而已。1980年《科幻研究》的座谈会上有人指认异形为"我们"——《异形》既是好莱坞的文化产品，我猜想这里指的是美国——"对第三世界的恐惧"，异形的公共（public）层面已经呼之欲出，环绕异形所部署的文化政治也因此模塑《异形》这部影片的政治潜意识。

按阿什的说法，异形"不受良知、悔恨或道德假象所蒙蔽……是个完美的有机体"。但这个纯粹、原始的有机体无法自我再现，它必须被再现。[1] 由于它的造型、颜色与永不衰退的攻击力，简单地说，它的原始性，影片所再现的异形其实掺杂了"我们"——再说一遍，此处指去殖民后美国或任何资本帝国——对非白人世界的欲望、焦虑及恐惧。异形是欲望，它象征资本帝国公司之所欲。异形也是恐惧。它不像殖民时代某些被殖民者，在对殖民者俯首帖耳之余，还流露出无限的文化谄媚（cultural cringe）。它甚至不是只能利用殖民主之语言还击其人的卡利班（Caliban）。它没有语言，或者说它的语言难以辨识；因此它全然诉诸行动，其毁灭力远超过善于口舌的卡利班。虽然公司企图猎取异形的方式与当年的奴隶贩子如出一辙，但异形已不再是当年反抗无力而惨遭囚押到新大陆的非洲人。异形的可怕在于它那旺盛无比的攻击力与绝不屈服的意志力。它永远躲在暗处，无声无息，神秘而难以窥测。异形因而也是焦虑。

异形成形前的有机生物本是无名星球的原住民，资本帝国的公司对异形的掠夺与侵袭是引发异形反抗最重要的因素。由于立场互异，利益冲突，两者之间根本无法预留任何协商

---

[1] 这句话当然仿自马克思所说的"他们没办法代表自己，他们必须被代表"。英译本"代表"作"represent"，意义与"再现"同。马克思德文本作"vertreten"，意为政治代表，与文化或美学再现"darstellen"不同（Max, 1986:254）。——原注

的第三空间，最后落得两败俱伤，舰毁异形亡，只剩下里普利存活下来，为这段历史进程中的冲突时刻留下见证。异形当然还是他者，但已不是以前的他者，双方的冲突过于尖锐，里普利与帕克（别忘了这两人曾以不同的理由质疑公司猎取异形的正当性）无法在这些冲突中充当中介者的缓冲角色；里普利和帕克等最后甚至必须以不同的理由与异形对峙。

异形显然不是"资本主义制度原理的投射"（Ryan and Kellner，1988:184），它的反扑正好使之成为对立原理的具体象征。我之所以视《异形》为潜意识的政治寓言，道理就在这里。

帝国创伤

一

时间是 2011 年 9 月 11 日的上午，地点是纽约世界贸易中心的遗址。美国总统奥巴马（Barack Obama）在美国民众的围绕下，一脸肃穆地主持"9·11"恐怖攻击 10 周年纪念典礼。英国的《卫报》（*The Guardian*）这样报道当时的情况：

> 就在 2001 年 9 月 11 日上午 9 时 59 分和 10 时 28 分
> 当时双塔还屹立存在的地方，两片水幕正式启用，像小

瀑布那样倾盆而下。水从 30 英尺[1] 的高处掉落在下面对映的水池中，回响在从遗址四周竖起的替代双塔的玻璃帷幕周围，制造了千千万万人交头接耳的错觉。

在清晨之后不久，群众涌进世界贸易中心，真正交头接耳的声音开始充盈此地。这些都不是随意邀来的群众。那里的每一个人都代表着 10 年的失落与伤悼。每一个人带来了对父亲、妻子、儿子的思念——有些还带来有形的东西，像一位女士高高举起由一个男人的系列照片剪成字母的形状，上面写着："我爱爸爸"。其他还有人穿着 T 恤，上头印着他们心爱的人，或者高举纸板，展现一位丈夫置身自己的毕业典礼上，女儿在旁开朗微笑，上面的字是："永不忘记"。

我们要怎样衡量 10 年前那天的事件是如何庞大？这些事件今天又有何意义？你可以引用统计数字，像头条新闻所说的 2977 人——那些在纽约、华府及宾州遇难者的总数（不包括那 19 位劫机者）。你也可以引用另一个数字：几乎有一半的遇难者其孩子在 18 岁以下。

不过统计数字只能到此为止。另一个衡量这个悲剧

---

[1]　约 9 米。

的规模的方法是，光按字母的顺序念完这些受害者的姓名就得花上 4 个半小时。(Pilkington，McVeigh and McGreal，2011)

我们要如何解读这则报道？我们这些在电视屏幕上目睹世贸双塔在大火中倒塌的人，10 年来历经恐怖主义和反恐怖主义的冲击，要如何记住这些受难者？

这个纪念仪式至少隐含两个意义：这是个伤悼的时刻，也是已故桑塔格[1] (Susan Sontag) 所说的心理治疗的时刻 (Sontag，2001:32)，即"创伤并合与模糊了个人与集体的界线的过程" (Kaplan，2005:19)。对于受难者的家属与亲友而言，这些仪式正是个人与家族的伤悼时刻；而对大部分美国人来说，这些仪式无疑是国家大事。伤悼因此也变成了巩固国家体制的过程，创伤更被转译 (translated) 为各种纪念形式，如纪念广场、水幕、纪念碑、纪念仪式等不一而足。

纽约似乎还在寻求理解"9·11"灾难的意义，不过这个城市也准备跨过卡普兰 (E. Ann Kaplan) 所说的历史"令人不安的遗迹"。纽约尝试以某种形式纪念"9·11"这个灾难事

---

[1] 桑塔格 (1933—2004)，美国著名新知识分子，女权主义者，当代最重要的理论批评家之一。著有《疾病的隐喻》、《反对阐释》、《关于他人的痛苦》、《论摄影》等。

件，同时想方设法要将这个事件转译成某些具体的事物或仪式，让这个城市走过创伤，寻觅新的生命意义。最重要的是，必须在世贸中心遗址留下的空无中填补上什么东西，在所谓的"火葬场"——卡普兰对"9·11"遗址的描述——上重新展现生命。经过了10年，终于选定了阿拉德（Michael Arad）的设计作品《反映缺席》（"Reflecting Absence"），在遗址上竖立起纪念碑，并在"9·11"事件10周年这一天揭幕对外开放。卡普兰在她的《创伤文化》（*Trauma Culture*）一书中这样简要描述这个作品：

> 这个设计简单而优雅，其特色是在街道平面下30英尺[1]的双塔遗址建造两潭水池。访客可以往下走到水池边，观看墙上受难者的名字。另外还有一个房间，摆放各种未加标明的遗物，只有受难者的家属可以入内；街道平面上还有一栋文化建筑，将遗址与公路隔开。（Kaplan，2005:146）

卡普兰相信，在遗址上建造纪念碑，表示美国人"已经

---

[1] 约9米。

开始将创伤转译为一种接受的语言，但有意同时继续暴露伤口；对已经发生的事，我们学习伤悼，见证事情的发生，不过还是要往前迈进"。(Kaplan，2005:147)

伤悼显然极为重要。伤悼让人们可以承受损失、苦难与灾难；而在世贸中心的遗址上，每年的"9·11"纪念日美国人都会以各种仪式伤悼在恐怖攻击中失去的生命。若按巴特勒（Judith Butler）的说法，这些生命是值得令人悲伤的。他们的可悲伤性（grievability）是确定他们的名字会被公开铭刻、朗读与纪念的先决条件。巴特勒这么解释："悲伤，而且将悲伤转变成政治资源，不是要退缩成毫无行动，但我们可以将悲伤当作缓慢的过程，通过这个过程我们发展对苦难本身的认同。"(Butler，2004:30)

认同苦难是一回事，以行动响应苦难显然又是另一回事。响应苦难的方式很多，其中之一就是悲伤。悲伤是要我们省思，伤悼，并体认生命的脆危与软弱。正因为如此，我们有必要思考非暴力的伦理（Butler，2004：xvii），同时认知到"我们的生命与他人的生命密切牵连"（Butler，2004:7）。巴特勒更进一步指出，悲伤所展现的，是我们与他者的关系，我们既为这些关系所役，也未必能够清楚重述或解释这些关系，我们是否能够全然自主或主宰自我因此不无疑虑。

（Butler，2004:23）

二

在以下的讨论中，我将以上述的观念检视莫欣·哈米德（Mohsin Hamid）的第 2 部小说《拉合尔茶馆的陌生人》（*The Reluctant Fundamentalist*）。我会把这本小说摆在"9·11"事件的脉络中细加讨论，并借以检讨美国帝国主义与其对第三世界他者所造成的创伤——我们不妨称之为帝国创伤。哈米德于 1997 年取得哈佛大学法学院的法律博士（J.D.）学位，不久即加入纽约曼哈顿的一家财务管理公司担任管理顾问。2001 年发生"9·11"恐怖攻击时，他刚被公司派驻伦敦不久。他发现"9·11"之后情势大变，整个美国陷入近乎疯狂的爱国主义之中，伊斯兰教徒的处境非常艰难：恐怖分子、美国政府及大众媒体似乎有志一同，联手合击，在美国社会中制造恐慌与恐惧。哈米德在接受加拿大广播公司（CBC）的访谈时指出，自"9·11"之后，人们即生活在一个过度简化的世界："就是我们对抗他们。还有邪恶轴心。就是伊斯兰教对抗基督教或西方。"（Bhandari，2007）这以后进出美国，他的经验说明了美国不再是个友善的国家。《拉合尔茶馆的陌生人》于 2007 年面世，出版后佳评如潮，不仅畅销，还进入英国布克奖（The Man Booker Prize）决选小说之列。哈米德认为，这本小说之所以广受重视，部分原因可能与其出版时机有关。

《拉合尔茶馆的陌生人》相当细腻地刻画"9·11"恐怖攻击后美国社会是如何充满紧张与敌意的氛围。小说的叙事者兼主角昌盖兹（Changez）即很生动又简明地描述这样的氛围：

> 恐怖攻击过后，贵国国旗入侵纽约，放眼所及到处都是。小祭龛里醒目地插上粘在牙签上的小旗子，车子挡风玻璃和车窗上点缀着国旗贴纸，建筑物上大幅国旗飘扬，似乎同声宣告着："我们是美国……美国是有史以来最强大的文明，你们侮蔑了我们，当心我们的报复！"抬头仰望这城市高耸如塔的建筑群时，我不禁想，什么样的大军就要从这么宏伟的一座城堡出击了啊！[1]
> （2008:114；2007:79）

---

[1] 引文之后随文注中的第一个页码指中文译本，第二个页码为英文原著。——原注

这些旗帜属于阿帕杜莱（Arjun Appadurai）所谓的认知与沟通的符号系统（Appadurai，2006:25）；不过，"9·11"之后无所不在的美国国旗显然代表了"一种新的爱国承诺"，也是"表示与失去亲友的人灵犀相通的一种方式，以及震惊美国的共同创伤"（Kaplan，2005:9）。这些国旗当然也象征着美国的国殇，标志着个人与国家难以弥补的重大损失。不过在昌盖兹的眼中，这些国旗所展现的同时也是美国滥情的极端爱国主义、美国愤怒的暴力倾向，以及美国与世界许多地方的对立与鸿沟。

《拉合尔茶馆的陌生人》属于日渐增多的后"9·11"小说。小说出版时"9·11"恐怖攻击已经事隔将近7年，但其效应仍然余波荡漾。全球的地缘政治与地缘文化固然因之改观，当时美国的阿富汗战争与伊拉克战争也鏖战多年，结束无期，非但死伤日增，而且似乎无日无之。这两个国家的人民家亡城毁，数百万人流离失所，无家可归，中东与南亚的和平一时无望。而美国所发动的反恐战争更是铺天盖地，几乎以全世界为战场，某些举措却又过犹不及，甚至违反人权，戕害自由，不符公理正义，在古巴岛上的美军关塔那摩（Guantánamo）拘留营已经成为美国之耻，也难怪越反恐似乎恐怖分子越多。环绕着"9·11"恐怖攻击的各种报告、考察与论述可谓汗牛充栋，不少作家、艺术家、电影工作者更以其文化生产，从不同角度、形式与立场介入对"9·11"的挪用、诠释、批判，乃至于再创造。

《拉合尔茶馆的陌生人》出版前曾经数易其稿。哈米德在2000年夏天开始创作这本小说，"9·11"恐怖攻击之前3个月完成初稿，情节所叙主要涉及一位任职于纽约的管理顾问决心回返巴基斯坦的心路历程，这样的情节显然自传性很强。"9·11"发生之后，哈米德决心另起炉灶，把小说重写，并且把背景摆在"9·11"之前。第2稿完成后，作者认为完全不去面对或处理"9·11"似乎有些矫情，于是决定彻底修订第2稿，而且要把后"9·11"的效应纳入小说中。由于"9·11"的各种冲击日渐扩大，哈米德花了不少时间思考"9·11"事件，以及随后发生的反恐战争——包括阿富汗战争、伊拉克战争，乃至于印度与巴基斯坦之间的宗教争执在内。这段时间他又重写这部已经多次易稿的小说，在他完成第5稿时，已经是2005年了。他的经纪人和他的第1本小说《蛾烟》（*Moth Smoke*）的编辑看过第5稿后并不满意，他们认为这本小说的理念可取，可惜整个呈现方式是个败笔。就在哈米德向其未来妻子求婚的这一天，他接到出版社捎来的坏消息。出版社的编辑也是对小说的形式不尽满意。据哈米德透露，第 5 稿采用美国人的声音,以第一人称平铺直叙的形式推展情节。几经思考,他决定再易原稿。他选择两个观点、两个视境,摆在同一个叙事者身上,让这位叙事者出入于美国与巴基斯坦这两个现实之间,互相映照,互相纠缠。这份第 6 稿就是今天我们所看到的《拉合尔茶馆的陌生人》,这位第一人称的叙事者也就是小说的主角昌盖兹。《拉合尔茶馆的陌生人》原书虽然不满两百页,却是哈米德经营了 6 年、六易其稿的心血结晶。

《拉合尔茶馆的陌生人》的形式结构很像舞台上的独白,或者说对白——至少是对白的情境,只不过我们听到的只是一个人的独言独语,却听不到另一个人的反应或答话。说话者是昌盖兹——由于小说中的他对美国的态度前后不一,有些书评者就认为他的名字 Changez 意指改变(英文的 change),其实这是乌尔都语(Urdu)的 Ghengis,也就是曾经以铁蹄横扫欧亚大陆的成吉思汗。Changez 是南亚一带相当普通的男性名字,如果一定要从中寻找象征意义,这个名字当然指涉男主角昌盖兹的东西方(巴基斯坦与美国)双重经验。哈米德否认这本小说的自传性,男主角的成长、教育及工作与他的经历虽有若干雷同之处,但那只是出于写作上的方便,因为他习惯取材自本身所熟悉的经验。

　　小说的情节在过去与现在之间穿梭来回。昌盖兹是一位约25岁的巴基斯坦年轻人，一个暮春的午后，他在拉合尔老阿纳卡里区（Old Anarkali）的一家茶馆遇到一位美国人，于是开始与他攀谈。这一谈就是大半天，一直到服务生"晚班的下班时间也到了（214；170）"，他们才一起离开茶馆。昌盖兹陪这位美国陌生人往旅馆的方向走去，他把他们的路程称作"午夜漫步（220；177）"，可知这两个陌生人的谈话——或者说昌盖兹的个人独白——持续了好几个小时。哈米德承认，这样的谈话情境在现实中不太可能，因此这样的谈话更可能隐含现实之外的政治与文化寓意。昌盖兹设法刺探这位美国人到访巴基斯坦的目的，美国人显然不愿据实以告，不过从美国人的种种反应来看，他不认为这个美国人是个单纯的游客。他对美国人说："已经排除你是游客，只是来到这世界一隅漫无目的游荡的可能性了。"（112；77）

　　昌盖兹的谈话大部分与他的美国经验有关。他出生于拉合尔，在这座城市长大。拉合尔是巴基斯坦旁遮普省的古都，用昌盖兹的话说，"这座城市就像沉积平原一样，层层堆栈着入侵者的历史，从雅利安人、蒙古人，一直到英国人"（32；7）。这话深具后殖民批判，当然也一语道尽强权下许多第三世界国家与社会的普遍命运。昌盖兹属于巴基斯坦上层社会的士绅阶级，从曾祖父到父亲三代，上的都是英国大学，只是在后殖民的巴基斯坦，这一类士绅阶级已经逐渐凋零，取而代之的是"那些靠合法或非法事业起家的新兴企业家阶级"（35；10）。昌盖兹一家经过几代分产之后，已经家道中落，因此等他负笈普林斯顿大学时，他必须"在校内兼三份工作"（35；11），才能支付他的留学费用。昌盖兹选择到美国的长春藤盟校深造，而没有像他的父祖辈那样到殖民宗主国的英国升学，当然也饶富象征意涵：美国的全球新霸权显然已经取代旧日的大英帝国，支配独立后的巴基斯坦社会。

昌盖兹就读普林斯顿时有一次与同学到希腊旅游，认识了同校的美国女同学艾丽卡（Erica）。艾丽卡住在纽约，志在创作，希望成为作家。昌盖兹毕业后，在百中选一的情况下进入曼哈顿的一家管理顾问公司任职。由于表现优异，很受上司器重，他与艾丽卡也同时感情日增。艾丽卡有一位青梅竹马的恋人叫克里斯（Chris），不幸因肺癌早逝，艾丽卡无法忘情。在某个意义上昌盖兹只是克里斯的替身，在艾丽卡心中，他只是被动地填补克里斯留下的空位子。对艾丽卡而言，克里斯"有一种'旧世界'的魅力"（52；27）。艾丽卡家庭富裕，她引领昌盖兹进入"纽约最核心的时髦圈子"（85—86；56）。有书评者认为，艾丽卡的名字 Erica 可以被视为 America 的缩写，是昌盖兹心向往之的新世界，可是这个新世界总是以自己的想象——艾丽卡心中的克里斯——来形塑别人，强迫别人听命，顺从（艾丽卡之对昌盖兹）。艾丽卡深陷于对克里斯的思念而无法自拔，就像美国那样迷恋自己的价值与形象，而且总是要以自己的价值与形象强行改造别人的国家。

"9·11"之后，昌盖兹与艾丽卡见面，他发现"她整个人绷得很紧，忧心忡忡又一脸憔悴，就跟恐怖攻击过后纽约的很多人一样，显得焦躁万分"（117；82）。艾丽卡后来旧病复发，住进距纽约市区有一个下午车程的一家精神疗养院，最后竟然不知所终："到了后期，她越来越常自己一个人在外头游荡，有一天，她出去后就再也没有回来。他们在俯瞰哈德森河的悬崖上找到她的衣服，整整齐齐地折成一叠"。（205；163）哈米德自承在当代英国小说家中，他最欣赏日裔的石黑一雄[1]（Kazuo Ishiguro）；而在亚洲作家当中，他独钟村上春树。他甚至同意自己笔下的艾丽卡具有亚洲女性的气质，宛如《挪威的森林》中的直子；只是美国人无法理解艾丽卡对初恋的执著，因此最后她会被送到疗养院，接受精神治疗。

---

[1] 石黑一雄（1954— ），日裔英国小说家。与奈保尔、拉什迪并称为"英国文坛移民三雄"。著有《远山淡影》、《浮世画家》、《长日留痕》、《上海孤儿》等。

　　昌盖兹自普林斯顿大学毕业后，应聘进入设于纽约曼哈顿的恩德伍德·山姆森（Underwood Samson）公司担任管理顾问。这是"一家评估公司，专门告诉客户哪家企业值多少钱，据说他们的评估精准得可怕"（29；5）。昌盖兹第一天到恩德伍德·山姆森报到时，即被公司大楼的气势所震慑："他们的办公室坐落在市中心一栋大楼的41跟42层，把拉合尔任何两幢大楼叠在一起，都没这栋大楼高。虽然我搭过飞机，也去过喜马拉雅山，但是从他们的大厅看出去的景观，那种**气势**，还是让我非常震撼。我这才明白，这里跟巴基斯坦是两个世界……"（60；33—34）

　　恩德伍德·山姆森英文原名Underwood Samson的开头字母是US，正好是美国的国名缩写。哈米德在这本小说中耽于操弄名字寓意，这是另一个例证。恩德伍德·山姆森是间顾问公司，本身并未从事制造或生产，但是公司的生意扩及全球，是美式全球资本主义的具体象征，膜拜的是新自由主义至高无上的神祇：市场。昌盖兹即曾被派到马尼拉与智利的瓦尔帕莱索（Valparaíso）去评估当地公司行号的财务与价值。昌盖兹最初完全认同恩德伍德·山姆森所拥抱的企业价值，同时也对自己的工作和角色感到自得。公司里所有的人"都来自精英学府：哈佛、普林斯顿、斯坦福、耶鲁，我们全都散发出一种自信的自我满足感"(64;38)。身为全球企业的一员，何况还定居在全球资本主义中心的纽约，难怪昌盖兹这位来自第三世界的精英要踌躇志满，意气风发："我感觉自己沐浴在一股温暖的成就里，没什么能再困扰我，我是个年轻的纽约客，纽约就在我脚下。"(71—72;45)昌盖兹在被派往马尼拉期间，也就是直接面对同属第三世界人民的时候，他努力表现自己的美国属性："在我的尊严许可的范围内，我尽量让自己言谈举止更像美国人。"(96;65)就像昌盖兹的女友艾丽卡一样，恩德伍德·山姆森无疑也是美国梦的象征。至少在发生"9·11"恐怖攻击之前，昌盖兹曾经短暂实现他的美国梦。

对于第三世界或边陲国家而言，象征美国梦的恩德伍德·山姆森却是一场梦魇。这场梦魇当然也是一场全球化的进程，昌盖兹参与这个进程，只是开始时他毫无自觉。他和同事飞到马尼拉评估一家音乐公司，其中的参访行程甚至"让我觉得大权在握，因为我知道我们的团队正在塑造未来。这些工人会不会被炒鱿鱼？这些 CD 会不会转移阵地到别的地方去制造"(98;66)？换言之，远在纽约曼哈顿某一幢大楼的恩德伍德·山姆森可以决定万千公里之外某些工人的命运，而与这些工人毫不相干的几个精英就可以左右他们与他们的家庭的未来。

在智利的瓦尔帕莱索，昌盖兹奉派去评估一家出版公司，负责人叫胡安－巴蒂斯塔（Juan-Bautista），年纪很大，出版公司的老板却另有其人。老板有意把出版公司出售，因此胡安－巴蒂斯塔很不高兴。他指着昌盖兹质问："靠破坏别人的生活来餬口，你不觉得不安吗？"（192；151）当他了解昌盖兹来自巴基斯坦的旁遮普之后，他甚至将昌盖兹比拟为土耳其禁卫军（the janissaries）。这些禁卫军"原本是基督教民族的小孩，被奥斯曼帝国的土耳其人掳走，训练成回教军队的士兵，回教军是当时世界上最强大的一支军队。土耳其禁卫军非常凶悍，而且百分之百忠心，他们为消灭自己的文明而战"（193；151）。胡安－巴蒂斯塔的一番话如醍醐灌顶，让"9·11"之后深陷认同危机的昌盖兹大梦初醒。他这样反省："毫无疑问，我是现代的土耳其禁卫军，正当美国侵略我的兄弟国，甚至可能跟别人串通要让我的国家面临战争威胁的时候，我却甘作美利坚帝国的仆人。"（194；152）

"9·11"恐怖攻击发生时，正好是昌盖兹留在马尼拉的最后一晚。他从电视屏幕上目睹纽约世贸中心的两幢大厦先后倒塌，竟然笑了起来。他对别人的苦难不是无动于衷，只不过他的心思"全陷在整个事件的**象征意义**上，那就是有人在众目睽睽之下把美国打倒了"(105；71)。昌盖兹的反应不只一次让作者哈米德面对质疑。哈米德认为，将小说作者与小说角色严格区分还是有必要的。"9·11"发生时他已经先后在美国住了15年，不仅是半个美国人，更是地地道道的纽约人。他从前的一位室友就在世贸中心上班，他担心他的安危，因此非常害怕，他的反应不可能与小说中昌盖兹的反应相同。

"9·11"事件是个分水岭。昌盖兹发现，恐怖攻击发生之后的美国不再是一个他所熟悉的国家，种族与宗教歧视极为严重，而且极端排外；昌盖兹的胡子竟然成为分别你我、区隔敌友的符号。他说："留胡子之后，我搭地铁时不只一次被素不相识的人辱骂；而在恩德伍德·山姆森，我也似乎在一夜之间变成了众人交头接耳或盯着看的对象。"(171；130)胡子成为昌盖兹的文化属性的一部分，是他"表示抗议的一种方式，强调文化认同的一种象征"(170；130)。个人的即是政治的，这是身体政治最好的例证。此时的美国完全"陷入一种危险的怀旧感之中。那些国旗与制服、将领在作战指挥室里面对着镜头的讲话、报纸头条打出**义务**、**荣耀**等字眼"(154；115)，整个国家笼罩在极端民族主义与爱国主义的氛围中。面对这样充满敌意的情境，在智利瓦尔帕莱索时胡安－巴蒂斯塔的一记当头棒喝，让昌盖兹从他的美国梦中惊醒过来。艾丽卡既不知去向，他于是决定离开恩德伍德·山姆森，回到巴基斯坦去。他的美国梦至此彻底破碎。

在我读过的后"9·11"的小说中，《拉合尔茶馆的陌生人》对美国的批判最为直接、最为赤裸。哈米德曾经多次表示，小说中的批判出自主角昌盖兹，并不代表他的立场。不过他也说过，他之所以撰写这么一部小说，是因为他半生在美国渡过，对美国的感情深厚。这么说又似乎出于爱之深，责之切的善意。昌盖兹回想"9·11"之后美国的种种倒行逆施，忍不住对着眼前萍水相逢的美国人说：

> 我在反省，我向来痛恨美国在全球横行霸道的作风，你们不断干涉别人家的事，实在让人受不了；越南、朝鲜、中东，现在轮到阿富汗，环顾我们亚洲大陆的每一场大型冲突跟政治僵局，美国都扮演了重要的角色。（198—99；156）

这样的批判整部小说俯拾皆是。例如，小说临结束前，昌盖兹仍然继续对那位缄默的美国陌生人数落美国强权为世人所造成的创伤：

你们跟攻击你们的人有了同样的痛苦，这样你们跟
他们有了联结，可是整个社会根本不愿意去反省这点。
你们陷入一种迷思，以为自己与众不同，以为自己高人
一等，你们把这种信念落实到世界的舞台，让全球都因
为你们的震怒而受到波及，连我的家人都不能幸免，远
在千里之外的他们也面临着战争的威胁。这样的美国必
须有人制止，不只是为了其他国家的人着想，也为了美
国人自己着想。（210；168）

证诸美国过去这些年来在阿富汗与伊拉克的所作所为，
这一席话义正词严，宁非可信？这一席话难道真的只反映主
角昌盖兹的想法吗？哈米德对民族主义向无好感，对民族国
家的观念也很有意见。他在 2007 年 7 月 13 日《卫报》（*The
Guardian*）的访谈中表示，地缘政治对他非常重要。他这样
解释："说政治应该与艺术分开，政治会败坏好的作品，对我
而言，这整个观念大有问题。"哈米德虽然无意将《拉合尔茶
馆的陌生人》归类为政治小说，不过他也相信，他"个人的
生命与他所生活的政治世界是分不开的"。《拉合尔茶馆的陌生
人》之所以富于政治寓意，其理自明。

小说的最后两章叙述昌盖兹离开美国的经过与其在拉合

尔的生活。回到家乡之后，昌盖兹在一所大学担任讲师，除了讲授财经课程，他还"把鼓吹巴基斯坦跟美国划清界限当作自己的使命"（222；179）。他甚至变成了许多青年男女的精神导师，更成为反对美国帝国主义的急先锋："当国际电视新闻台来我们校园采访时，我跟他们说：世界上没有一个国家像美国一样，随时能置别国公民于死地，并且让那么多远在千里之外的人担惊受怕。"（225；182）

昌盖兹对美国的批判一针见血，丝毫不留情面。从哲学上看，他的批判颇能见证巴特勒所说的"去真实化的暴力"（the violence of derealization）。巴特勒的说法背后隐含着某种鲁莽而无情的假设：某些生命是真实的，有些则未必。"在某个意义上，那些不真实的生命就已经受到去真实化暴力的伤害。"（Butler，2004:33）再用巴特勒的话来说，不真实的生命（unreal lives）即意味着"不可活的生命"（unlivable lives），因此是不值得悲伤的（ungrievable）。去真实化表示"某些生命根本不被承认为生命，他们无法被人性化，他们无法摆进人的主要框架里……他们先被非人性化，然后引发身体暴力，这种暴力在某个意义上传达了去人性化的信息，这样的信息早就潜藏在此文化当中"。（Butler，2004:34）巴特勒特别提到1991年海湾战争及其后的禁运所造成20万伊拉克儿童死亡的悲剧。巴特勒问："对这些生命的任何一位，不论单独或集体，我们可有一张影像，一个相框?"（Butler，2004:34）当奥巴马总统在 2010 年 8 月 31 日正式宣布结束伊拉克战争时，估计在这场进行了 7 年多的战争中罹难的伊拉克人就超过 10 万人，其中很大的比例是平民，包括妇女与小孩。跟"9·11"攻击的受难者不同的是，没有人伤悼这些伊拉克人，他们的姓名也未被铭刻，未被朗读，而他们的生命也不值得悲伤。"缺少可悲伤性，"用巴特勒的话说，"就没有生命，或者说，有某些东西活着，但那不是生命"（Butler，2009:15）。因此这些无辜丧命的伊拉克人甚至没有纪念碑。

巴特勒的去真实化的观念衍生于她对美国的反恐战争与其入侵伊拉克和阿富汗的省思，可以作为昌盖兹批判美国帝国主义的脚注。昌盖兹的批判用意在凸显美国对他者既未给予尊重，也未受到对他者的伦理责任的束缚。巴特勒感叹美国在"9·11"恐怖攻击之后不曾反省其在国际政治中的角色，也未重新界定自己为全球社群的一分子。巴特勒这样表示：

> 我认为我们晚近的创伤提供了我们重新思考美国的傲慢，以及建立更彻底平等的国际关系的机会。这么做对整体国家而言会造成某些损失：我们必须放弃，遗忘

与伤悼把整个世界当作美国至高权益的观念，就像必须遗忘与伤悼自恋而浮夸的空想一样。不过，从损失与脆弱的后续经验中，建立不同类型的关系的可能性就会出现。这样的伤悼可能（或者可以）改变我们意识中的国际关系，这样的国际关系对于在此地与他处重申民主政治文化的可能性至关紧要。（Butler，2004:40）

三

哈特[1]（Michael Hardt）与奈格里[2]（Antonio Negri）曾经在他们的巨著《帝国》（*Empire*）中提出警告说，晚近的后殖民主义所批判的对象大多是已经寿终正寝的西方殖民强权，对新版本的帝国反而着墨不多。他们表示："后现代与后殖民理论家对旧形式的统治与其现代遗产的批判从未倦怠。"只是他们也忧心指出："我们怀疑后现代与后殖民理论最后是死路一条，因为这些理论没有充分认清其批判的当代对象，换

---

[1]　哈特（1960—　），美国文学理论家、政治哲学家。代表作为与奈格里合著的《帝国》一书。

[2]　奈格里（1933—　），意大利政治理论与政治哲学家，斯宾诺莎研究者。除《帝国》外，著有《颠覆的政治：21世纪的宣言》、《愤怒的异类：斯宾诺莎的形而上学和政治学》等。

言之，这些理论误认了今天真正的敌人……倘若这些理论家集中全力与宰制的旧日余孽战斗，却浑然忽略当下笼罩着他们的新的宰制形式，那又当如何？"（Hardt and Negri，137－38）从这个角度来看，哈米德的《拉合尔茶馆的陌生人》正好可以填补后现代与后殖民批评家遗留下的缺憾：这部小说毫不犹豫地批判美国的全球行径，特别是美国动不动就诉诸军事行动的霸道行为，因为美国的行为已经为许多国家的人民带来灾难与苦难。

　　假如我们同意卡鲁斯[1]（Cathy Caruth）的说法，"历史就像创伤那样，从来就不仅仅是我们个人的，正确地说，历史是我们与他人的创伤牵扯的方式"（Caruth，1996:24），我们就不难理解，"9·11"恐怖攻击为美国人带来的创伤与美国带给别国人民的帝国创伤是分不开的。只有从这样的历史视角来看，哈米德的《拉合尔茶馆的陌生人》无疑代表了一个迟来却又适时的实例，反省美国作为新的全球帝国的角色。

---

[1] 卡鲁斯（1955－　），康奈尔大学人文科学教授、比较文学研究者。著有《经验真理与小说的关键》、《沉默的经验》等。

第二章

跨文化想象

在再现的逻辑之外

一

　　这是1999年6月间发生的事，北大西洋公约组织（北约）与南斯拉夫联邦（南联盟）的战争暂时已近尾声。双方达成协议：北约停止轰炸塞尔维亚（Serbia），塞尔维亚部队则撤离科索沃（Kosovo），而由美、英、法、德、意部队进驻。出乎意料的是，俄罗斯部队却在这个时候连夜抢先进驻科索沃北区，并且拒绝接受由北约所组成的所谓国际维持和平部队统一指挥，英、俄双方部队甚至因此一度僵持对峙。科索沃战争虽然烽火暂息，巴尔干半岛的情势却因俄军的介入而更形险峻。[1]

　　在这之前的一个月左右，我收到任教于奥地利格拉茨（Graz）大学的友人转来的一封电子邮件，希望我在一封公开信上签名，呼吁北约停止轰炸塞尔维亚。这封公开信题为《学术界反对巴尔干半岛的北约战争》（"Academics against Nato's War in the Balkans"），以布尔迪厄（Pierre Bourdieu）及若干法国知识分子3月底发表于法国《世界报》（*Le Monde*）的一封公开信为基础，要求北约立即停止一切轰炸行动，并吁请相关国家召开巴尔干半岛会议，进行调停协商。

---

[1] 南斯拉夫社会主义联邦共和国总统铁托（Josip Broz Tito）于1980年5月4日逝世，这个位于巴尔干半岛的共产主义国家从此纷乱不断，尤其在1989年苏联与其东欧集团分崩离析之后，南斯拉夫也跟着四分五裂，各成员国纷纷宣布独立，至今已分裂为6个独立小国。科索沃原为塞尔维亚境内之自治区，约200万人口中，阿尔巴尼亚裔占大多数，另有少数塞尔维亚裔与罗姆人（the Roma或Romani，即俗称的吉普赛人），境内族群冲突不断，巴尔干半岛因此向被称为欧洲的火药库。科索沃战争即导火于阿尔巴尼亚裔与塞尔维亚裔之间的流血冲突，而罗姆人则被阿尔巴尼亚裔视为塞尔维亚裔的共谋。科索沃战争正式始于1999年3月4日，同年6月10日结束。南联盟（塞尔维亚）随后于2000年9月24日举行大选，总统米洛舍维奇（Slodaban Milošević）在人民大规模示威之下被迫辞职，2001年3月31日被捕，并被国际战犯法庭控以违反人道罪。经过5年审讯，却在2006年3月11日因心脏病发死于海牙拘留所中。科索沃战争结束后，科索沃议会于2008年2月17日通过科索沃独立，塞尔维亚则告上联合国大会的国际法庭，企图阻止科索沃独立。国际法庭终于在2010年7月22日宣判科索沃的独立"并未违反一般国际法"，科索沃正式成为巴尔干半岛新的独立国家。在科索沃战争前后，由于担心阿尔巴尼亚裔的迫害，约有10万塞尔维亚裔与罗姆人逃离科索沃。——原注

公开信的领衔署名者包括了萨义德（Edward W. Said）、乔姆斯基[1]（Noam Chomsky）、布莱克伯恩（Robin Blackburn）等。[2] 后来我在英国费边社的机关刊物《新政治家》（*New Statesman*，10 May 1999）周刊上读到这封信时，题目已改为《我们为何反对巴尔干半岛的北约战争》（"Why We Oppose Nato's War in the Balkans"），署名者除萨义德等人外，还包括了 662 位学者与作家。

　　关心科索沃战争还有我个人的原因。我有两位塞尔维亚友人住在贝尔格莱德（Belgrade）：一位是颇有名气的作家兼出版家，一位则在大学任教，是位美国文学专家。北约开始攻击贝尔格莱德不久，我就发出电子邮件打听这两位友人的下落。几天后，我的作家朋友回了一封电子邮件，他和妻子家人显然都平安无事，只是生活作息完全走样；晚上为了躲避空袭，只能藏身防空洞里度过漫漫长夜。反讽的是，就在漫天战火中，他的最新长篇小说刚被宣布获得南斯拉夫年度

---

[1]　乔姆斯基（1928—　），当代杰出语言学家、哲学家、思想家和政治家。他的"生成语法"是对 20 世纪理论语言学的重要贡献；他还建立了以名字命名的"乔姆斯基层级"对形式语言作分类。在学术研究之外，乔姆斯基热心政治批评，致力于反对霸权主义、著有《句法结构》、《笛卡尔主义语言学》、《新自由主义和全球秩序》、《恐怖主义文化》、《失败的国家》等。

[2]　布尔迪厄不幸于 2002 年 1 月 23 日去世；萨义德则于 2003 年 9 月 25 日在纽约与世长辞。世事沧桑，令人不胜欷歔！——原注

最佳小说奖。

在大学任教的另一位友人则在约两个星期后才以电子邮件回信。她和丈夫已经离开贝尔格莱德，回信时是住在塞尔维亚北部其夫家的老家，他们正准备移居 3 个小时车程外的布达佩斯。她任教的大学早已停课，夫妻俩等于歇业在家，毫无收入；因此他们想移民布达佩斯或其他地方。我的作家朋友不愿多谈贝尔格莱德的战事，眼前的一切显然不堪言谈。任教大学的朋友则语多怨怼，对米洛舍维奇（Slobodan Milošević）政权固然不存厚望，对北约的行径也深表不满："够了！够了！"（"Enough is enough！"）她这样结束她的信。几天之后，我又收到她的另一封电子邮件：她和先生已经移居布达佩斯，她甚且在一所语文学校找到一份教授英语的教职，先生也在西门子公司找到了工作。在她看来，南联盟未来二三十年已经没有希望！我为她的新生活感到高兴，但也为那位作家朋友及其家人感到忧心。他和家人音讯全无。我们共同的一位匈牙利友人曾经建议他避居布达佩斯，但这位作家朋友表示他不可能离开贝尔格莱德。

在这期间当然还发生了中国驻贝尔格莱德大使馆被北约轰炸，造成 3 名记者丧命的事件。这次事件究竟是意外误炸或者蓄意为之，双方各执一词，外人很难判断。这次事件的高潮当然是北京、上海等地的学生和民众走上街头，向美国驻中国的使领馆示威抗议。

　　这两个多月来我还不时自网络上追读一位贝尔格莱德电影导演 A. G. 的《战争日记》（"The War Diaries"）。这份日记始于 1999 年 3 月 23 日，也就是米洛舍维奇与美国代表霍尔布鲁克（Richard Holbrooke）谈判破裂的前夕。日记并非逐日上网公布，有时累积了几天之后才同时上网。我读到最晚的一则是 5 月 23 日的，前后刚好两个月。日记所记主要当然是战火下贝尔格莱德的日常生活。譬如，5 月 3 日（星期一）一则这么写道：

　　　　目前情况的某些后果列举如下：
　　　　——没电，没水
　　　　——彻夜在黑暗中枯坐
　　　　——没有电视，没有音乐，没有计算机，没有因
　　　　　　特网
　　　　——没有电梯
　　　　——冷冻器皿中的食物腐坏
　　　　——店中没有面包
　　　　——不能炊煮

　　——不能洗刷，不能刮胡子

　　——不能使用厕所

　　我追看这些日记，想象那位久无音讯的作家朋友的可能遭遇。我的作家朋友和 A. G. 一样，也是一位独立电影导演。贝尔格莱德不大，既同是文化界的人，极可能彼此熟识。我之所以追看 A. G. 的《战争日记》，其实也多少希望在日记中打听朋友的消息。

　　就在发生这些事件的半年前，也就是 1998 年的一个冬日，我到纽约哥伦比亚大学去探访一位老朋友，回程在大学附近的迷宫书店（Labyrinth Books）选购了几本书，其中一本是波德里亚[1]（Jean Baudrillard）的《海湾战争并未发生》（*The Gulf War Did Not Take Place*）。这本小书收集了波德里亚在 1991 年年初海湾战争前后所写的 3 篇文章，在回返住处法拉盛（Flushing）的 40 分钟颠簸的车程中，我断断续续看完了其中的一篇：《海湾战争：真的发生了吗？》（"The Gulf War：Is It Really Taking Place?"）。出了 7 号线地铁，我在地铁站附近的咖啡店买了杯咖啡，店里的电视正播放美国军机

---

[1] 波德里亚（1929—2007），法国哲学家、社会学家、后现代理论家。著有《消费社会》、《物体系》、《生产之镜》、《象征交换与死亡》、《冷记忆》等。

在航空母舰起降的情形。我驻足聆听记者的报道，原来前一天刚因绯闻案被众议院弹劾的克林顿（Bill Clinton）总统，为了惩戒伊拉克抗拒军检，已下令美军再度轰炸伊拉克，新一波的海湾战争于是风云再起。[1] 克林顿的动机为何，当然可以揣测；然而我看着电视画面，想着几分钟前刚读过的波德里亚的文章，当下的现实如幻似真：海湾战争真的发生了吗？

二

　　海湾战争当然发生了。这是后冷战时期的一件大事，是重建所谓新世界秩序的重大工程之一。正如波德里亚在结束其《海湾战争：真的发生了吗？》一文时所说的，"这次战争是存在的，我们已目睹战争。我们也未质疑事件本身或者其真实性"。（Baudrillard，1995:58）波德里亚的质疑不在否定海湾战争的真实性，他的疑问是，我们怎么知道海湾战争真的发生了？

---

[1]　克林顿启动所谓"沙漠之狐行动"（Operation Desert Fox），美军连续 3 天轰炸伊拉克的基本设施。一般评论认为，这是克林顿为转移其与莱温斯基绯闻案的焦点所采取的军事行动。这一波军事行动所引发的反伊拉克歇斯底里症正好为 2003 年美、英联军入侵伊拉克铺路。（Jenkins，2010:33）——原注

以再现的逻辑（logic of representation）来批判波德里亚——如诺里斯[1]（Christopher Norris）的质疑（Norris 1992）——显然不足为训。波德里亚关心的不是再现是否受到扭曲或误导的问题，而是海湾战争本身所透露的战争的虚拟性——诺里斯因此称之为后现代战争。和以往的战争——如较近的越战——不同的是，海湾战争既少见两军对峙或短兵相接的战况，也没有死伤枕藉的血腥画面，这是一场"空洞的战争"、"干净的战争"（Baudrillard，1995:33，43）。这场战争能不能称为战争也不无争议，起码这已不是我们知识或经验中所熟悉的战争。

这种战争不像战争的状态多少构成了海湾战争的虚拟性。波德里亚因此在《海湾战争并未发生》（"The Gulf War Did Not Take Place"）一文中指出："除了在新世界秩序里，战争无不产生于两个仇敌之间双边对立的、毁灭性的关系。这场战争是场无性的外科手术战争，是个战争加工的事件，敌人只是以计算机化的标的出现。"（Baudrillard，1995:62）波德里亚的意思是，传统的战争定义已不适用于海湾战争。在海湾战争里，美、伊双方部队既鲜少正面交锋，更遑论近身肉

---

[1] 诺里斯（1947— ），英国哲学家、文学批评家。著有《理论与实践》、《德里达》、《后现代主义出了什么事了》、《斯宾诺莎与当代批评理论的起源》等。

搏；换言之，这是一场看不见敌人或者敌对双方互不见面的战争。这场战争就像无性生殖，是自导自演的活动；尤其对美军而言，敌人只是计算机屏幕上的一个标的，并非有血有肉的生命。整个战争已被数字化为一场计算机游戏——任天堂[1]化的结果使海湾战争变成了一场虚拟战争。波德里亚戏谑地这样描述这场战争：

> 伊拉克人炸掉民间建筑，好给人这是场肮脏战争的印象。美国人隐匿卫星信息，好给人这是场干净战争的印象。一切都在假象（*trompe l'oeil*）中……也许因为敌对双方甚至不曾正面交手，沉溺在虚拟战争中的一方预先赢得战争，深埋在传统战争中的一方则预先失掉战争。他们彼此互不见面：当美国人最后出现在他们的炸弹帷幕背后时，伊拉克人早已消失在他们的烟幕背后……（Baudrillard，1995:62）

后来周蕾（Rey Chow）对这样的战争提供更为具体、生动的描述：

---

[1] 任天堂是日本最著名的电子游戏和游戏机厂商之一，在欧美也很受欢迎。《超级马里奥》和红白家用机即诞生于任天堂。

一旦战争真的爆发，全面虚拟化的日常生活意味着打仗再也少不了电玩秘技，1991 年与 2003 年的两次海湾战争即为明证。空袭伊拉克期间，具有虚拟世界的优势与否就将世界分成上下两半。上方的空战，由青少年时期就常在家打电玩的美国大兵在电子屏幕前操作攻略，而下方的战争，仍与身体、黑手劳动及从天而降的意外之灾密不可分。对美国男女参战人员而言，精英主义与全景视境的逞强好战，跟远程遥控和瞬间摧毁他者的行动是密不可分的；对伊拉克男男女女与儿童而言，生命则愈来愈岌岌可危（正如 20 世纪 50 年代与 60 年代的韩国与越南平民），微不足道，意味着随时面临彻底毁灭的威胁。[1]（Chow，2006:35）

越战的历史殷鉴不远，美国与其盟军原就希望海湾战争能够速战速决，于是利用其笼天罩地的强大制空力量、高科技的情报和武器系统，以及大量精密的电子设备，进行一场势力悬殊的战争："伊拉克人仿佛被施以电刑，被施以脑叶切除手术，或飞奔到电视记者眼前投降，或在他们的坦克车旁一动不

---

[1] 主要参考陈衍秀的译文，唯适度稍加修饰。（周蕾，2011:78）——原注

动，甚至不是丧失斗志：是大脑意识尽失，惊愕失神，而非挫败——这还能称之为战争吗？"（Baudrillard，1995:67－68）

　　海湾战争的虚拟性同时涉及再现的问题。上文说过，波德里亚的主要关怀不是再现是否遭到扭曲或误导的问题。他的关怀毋宁是媒体在再现海湾战争中所扮演的角色。《海湾战争：真的发生了吗？》一文的重点即在质疑这场战争之沦为媒体事件的本质。海湾战争让诸如美国有线电视新闻网（CNN）之类的媒体大出风头，这些媒体主宰了战争信息及其意义的生产与复制。严格地说，我们在屏幕上看到的是信息事件，而非战争事件；是战争的拟像（simulacra），而非战争本身。真正的战争已被影像所中介，也就是被波德里亚所谓的"影像结构性的非真实性"（Baudrillard，1995:46－47）所替代，非真实性于是成为眼前唯一可以掌握的真实性。当真实事件为虚拟事件所取代，媒体所提供的恐怕是场面（spectacle）多于信息。这也是波德里亚讨论消费社会中的促销活动（promotion）的基础：

　　　　媒体促销战争，战争促销媒体，广告则与战争竞赛。促销是我们文化中最厚颜无耻的寄生虫，经历核子冲突之后无疑仍会苟存下来。促销是我们的最后审

判，但促销就好比一种生物性的功能，虽然吞噬了我们
的实质，却也让我们吸收的东西能够新陈代谢，就像寄
生植物那样，促销让我们把世界以及世界上的暴力转换
为可供消费的实质。所以说，这究竟是战争还是促销？
（Baudrillard，1995:35）

在促销的前提之下，我们看到的尽是场面："我们看到
虚假与假想的战士、将军、专家及电视播报员整日里对战争
投机买卖，战争跟镜中的自己对视：我够漂亮吗？我运作得
够吗？我够场面吗？我够世故到足以登上历史的舞台吗？"
（Baudrillard，1995:31－32）换言之，在媒体的催眠操弄之下，
指涉被消解，然后在符号系统中复活，因此我们看到的只是
符号的不断繁延、复制、散布及消费。

新的信息与知识的生产方式显然确立了另一种社会的组
织原则。传统主体哲学的种种类别——诸如意志、再现、选
择、自由、知识、欲望等——已不足以用来分析类似的虚拟
媒体事件或整个信息领域。（Baudrillard，1988:214）媒体工
业所具现的新的信息生产方式构成了新的权力关系与社会控
制系统——国际媒体无远弗届的渗透力之被视为文化帝国主
义的行径原因即在于此。这种权力关系与社会控制系统切断

了波德里亚所谓的象征性交换（symbolic exchange）的线路，信息的传播沦为单向行为（Baudrillard，1988:208）媒体所构筑的显然是个失去理性批判的模拟世界，没有指涉，没有根源，而且运作在再现的逻辑之外（Poster，1988:7）。

在再现的逻辑之外的当然是波德里亚津津乐道的虚拟世界或拟像秩序。构筑这个虚拟世界或拟像秩序的正是上文已经提到的新的信息与知识的生产方式——以及此生产方式所重新界定的权力关系与社会控制机制。波德里亚的批判社会理论部分即在论述面对此新形势的抗拒策略。这里无意深究波德里亚社会理论的功过得失，我之所以提到波德里亚主要是因为其社会理论所开展的后现代性：新的信息与知识的生产方式同时将社会空间构筑为计算机网络的整体系统，使历史与社会过渡迈进一个有别于以现代性为主的阶段。波德里亚论海湾战争的目的在勾勒其当代社会理论，所论包括消费社会、拟像世界、仿拟过程等；这些社会形态无以为名，只能以后现代的场景视之。凯尔纳[1]（Douglas Kellner）即借

---

[1] 凯尔纳（1943—　），美国哲学家，法兰克福学派第3代批评理论家。著有《卡尔·柯尔施：革命性的理论》、《激情与反叛：表现主义的遗产》、《批判理论与社会教程》等。

巴赫金[1]（Mikhail Bakhtin）的文化理论稍加归纳，将这种种现象称之为"后现代嘉年华会"（Kellner，1989:93—121）。

科索沃战争与海湾战争相隔不到 10 年，本质却颇为雷同：主要都是以美国为首的西方国家为维护后冷战时期所谓的新世界秩序而发动的战争。新世界秩序因此是西方价值新的圣牛。沃勒斯坦[2]（Immanuel Wallerstein）在 20 世纪 80 年代初期曾经预言北约行将结束，美国的全球霸权也将不再（Wallerstein，1991:19—25），从发生于波斯湾与南联盟的这两次战争看来，他的预言大概短期间不会实现。在新世界秩序之下，美国作为全球唯一霸权的地位更形巩固，北约的势力范围因若干前东欧集团成员的加入而益形扩大。对美、欧主要国家而言，这样的新世界秩序自然必须不惜代价全力维护。亨廷顿[3]（Samuel P. Huntington）谆谆提醒西方世界发生文明冲突的可能性，所着眼的大致乃在于维护建基于西方

[1] 巴赫金（1895—1975），前苏联文学理论家、批评家。提出"对话理论"和"狂欢理论"。在《陀思妥耶夫斯基诗学问题》中提出的复调小说理论为他赢得世界性声誉，除此有代表著作《艺术与责任》、《语言创作的方法问题》、《拉伯雷与中世纪和文艺复兴时代的民间文化》等。

[2] 沃勒斯坦（1930— ），美国"新马克思主义"学者。著有《现代世界体系》、《否思社会科学》、《知识的不确定性》等。

[3] 亨廷顿（1927—2008），美国政治思想家，因政治上的保守而有争议。曾在卡特政府国家安全委员会任职。学术著作多探讨当代重大政治、国际关系等领域的问题。著有《变化社会中的政治秩序》、《文明的冲突与世界秩序的重建》等。

价值与利益的新世界秩序。（Huntington，1997）

沃勒斯坦尝以地缘文化（geoculture）的观念描述世界体系运作的文化架构。他认为，与其视地缘文化为资本主义世界经济的上层结构，还不如视之为此世界经济的底面。（Wallerstein，1991:11）从地缘文化的角度来看，科索沃战争似乎无可避免。按沃勒斯坦的说法，地缘文化的挑战之一是来自涉及身份认同的性别歧视与种族歧视。北约早就宣称，轰炸塞尔维亚，目的在制止米洛舍维奇对科索沃的阿尔巴尼亚人进行族群净化。北约的用词显然经过地缘文化的修饰，其实此地缘文化无非是新世界秩序的稳定结构的重要成分之一。

科索沃战争的本质已经涉及若干传统政治哲学的议题，诸如国族国家、主权、族群性、民族主义、种族或族群暴力等，早已超过我们的论述范围。和海湾战争一样，科索沃战争当然存在。科索沃战争几乎是海湾战争的翻版，只不过其虚拟性更为强烈。这更是一场没有对手的战争，由于北约不派地面部队，只以其凌厉的空战力量进行类似海湾战争的外科切除手术，企图摧毁塞尔维亚的军事设施，瘫痪其作战能力。塞尔维亚部队几乎束手无策，在无力迎战北约空军之余，一方面任由北约轰炸；另一方面则策略性地把矛头对准科索沃的阿尔巴尼亚人，近百万阿尔巴尼亚人因此被迫逃离科索沃，在马其顿、阿尔巴尼亚等国沦为难民。科索沃战争的另一层反讽意义是：被解放的人民可能因别人好意的解放义举而沦为难民。

科索沃战争确实是一场"干净"、"空洞"的战争。波德里亚对海湾战争的描述可能更适用于科索沃战争：

> 这是场过度而无节制的战争（工具、物资等等），一场销毁或清除存货的战争，一场试验性军事部署的战争，一场军火清盘与拍卖的战争，同时展示了对未来武器的测试。这是不知节制的、超级丰饶的、过度武装的社会之间的战争……这些社会致力于浪费（包括人的浪费），又强调消除浪费的必要性。就像时间的浪费滋养了休闲的地狱，科技的浪费也滋养了战争的地狱。（Baudrillard，1995:33—34）

波德里业的描述坐实了无节制社会的军事层面。在科索沃战争中，我们看到北约联军如何无节制地耗费其军火，美军更以其新式武器摧毁塞尔维亚的军事设施（甚至非军事设施），消耗其军力与国力。这更是一场彻底任天堂化的战争，既看不见伤亡，也看不到双方交战的实况；虚拟化的战争场面所呈现的是飞弹万箭齐发，此起彼落，仿如流星划过夜空，后现代战争的电子游戏化莫甚于此。

科索沃战争当然造成相当严重的伤亡，平民伤亡更不在少数。然而，由于影像结构性的非真实性所造成的结果，国际传播媒体如美国有线电视新闻网者所留给我们的有关科索沃战争的印象大概只剩下以下的影像：多瑙河上断裂的桥梁、米洛舍维奇被炸的官邸、损毁的中国大使馆，以及漫山遍野的科索沃难民……3位美军飞行员被俘及其家人哀戚祷告的画面更一连数日通过国际媒体不断复制、散布，仿佛这是科索沃战争中最为严重的伤亡，此外我们看不见塞尔维亚军民的死伤情形。这种场面多于信息、拟仿多于真实、拟像多于指涉的虚拟媒体事件究竟想要促销什么？

三

上述的问题当然可以有不同的答案。我们可以将之归罪于文化帝国主义的操弄（Tomlinson，1991），或者视之为新闻全球化的结果（Boyd-Barrett and Rantanen，1998）。我则毋宁将之纳入后现代性论述的范畴来讨论，因为其中涉及上

文已经提到的信息与知识生产方式改变的问题。利奥塔[1]
(Jean-François Lyotard) 30 年前在他的《后现代状况：关
于知识的报告》（*The Postmodern Condition*：*A Report on
Knowledge*）一书中开章明义，对此早有论述。他首先表示，
随计算机霸权而来的是，某种逻辑、某些规范将确定何者才
是知识。（Lyotard，1984:4）而在后工业与后现代时代，知识
的生产是为了销售与消费，因此其目标是交换。知识本身既
不再是目的，因此已失去其使用价值。（Lyotard，1984:4－5）
利奥塔接着指出知识作为信息商品与权力之间的关系：

> 以信息商品的形式出现的知识对生产力量而言是不
> 可或缺的，在世界全面权力竞争中已经是、并且仍将是
> 一笔重要的赌注——也许是最重要的赌注。可以想见的
> 是，许多国族国家有朝一日或将会为了控制信息而交战，
> 就像过去为了控制领土而开战，以及后来又为了控制原
> 料与廉价劳工的取得与消耗而开战。（Lyotard，1984:5）

国际媒体所销售的信息商品界定了这些媒体在国际权力

---

[1] 利奥塔（1924－1998），法国哲学家、后现代主义理论家。著有《后现代状况》、
《非人——时间漫谈》等众多作品。

竞争中的地位。这是信息即权力的另一层意义，也是后现代性论述的基础。

但是新的信息与知识的生产方式也意味着世界更为缩小，人与人、国与国、文化与文化之间的距离似乎更为拉近，世界因各种网络的联结而形成一体的意识在某些领域中似乎日渐浮现。科索沃战争其实还显示了另一层政治与文化面向：这场战争无疑也是国族国家与世界一体（后国家？）这两种世界观之间的抗衡与斗争。

阿帕杜莱尝以 5 个观念描述当代全球流动的情形：民族景观、技术景观、金融景观、媒体景观及意识景观。流动情形发生在这些景观之间的断裂。阿帕杜莱这么解释：

> 人、机器、金钱、影像和思想现在越来越依循不同形态的途径流动；当然，在人类历史的不同阶段，这些事物的流动皆曾经出现过断裂，只不过目前每一项流动的绝对速度、规模和数量是那么的大，在全球文化的政治中，断裂就变得至关紧要。（Appadurai，1996:37）

这种去畛域化（deterritorialization）的情形使国际间互相依赖的现象更形严重，旧的主权与国族国家的观念因此受到挑战。哈特（Michael Hardt）和奈格里（Antonio Negri）在他们广被讨论的《帝国》（*Empire*）一书中一开头即简略而精确地描述阿帕杜莱所指陈的全球流动的情形，以及国族国家与主权日渐受到挑战的现象：

> 随着全球化过程的脚步，国族国家的主权虽然依旧有效，但也日趋式微。生产与交换的主要因素——金钱、技术、人员及物资——越来越容易跨越国界；因此，国族国家越来越无力规范这些流动，也无力将其权威强加在经济之上。即使最强势的国族国家，不论在其疆界之外，或甚至在其疆界之内，都不能再被视为至高无上的统治权威。（Hardt and Negri，2000：xi）

不管我们愿不愿意，去畛域化的另一面显然是全球化。如果安德森[1]（Benedict Anderson）所说的印刷资本主义（print capitalism）模塑了国族国家的意识与信念（Anderson，1983），在新的信息与知识生产形态之下，不仅国族国家的观念必须调整，全球化更涉及跨国或跨社会的文化过程。霍

---

[1] 安德森（1936— ），美国著名学者，研究领域为民族主义和国际关系，尤精于东南亚地区。著有《想象的共同体》、《比较的幽灵》、《革命时期的爪哇》等。

尔[1]（Stuart Hall）即这么指出：

> 新类型的全球化与新形式的全球大众文化有关……全球大众文化受制于现代的文化生产方式，受制于更迅速、更易于一再跨越语言疆界的影像。这个影像以更直接的方式用不同的语言发言。全球大众文化受制于视觉与图像艺术直接插手重建大众生活与休闲娱乐的所有方式，受制于电视、电影以及大众广告的影像、意象与风格。其缩影可见于那些大众传播的形式，我们可以想到的最重要的例子是卫星电视……卫星电视无法再被限制在某些国家疆域之内。（Hall，1997:27）

这是霍尔30多年前在论述全球化与族群性时所说的话。30多年后的今天，全球文化过程只有加速与加剧推演。倘若确如霍尔所言，全球文化确有其事，剩下的问题是：这是谁的全球文化？在文化全球化的浪潮之下，国家文化与区域文化应如何自处？类似的问题牵涉既广且杂，我们留待下一节讨论。

---

[1] 霍尔（1932—　），生于牙买加，文化学家、社会学家。著有《嬉皮世代》、《变态、政治与媒体》、《右翼大浪潮》、《法律、阶级和控制》、《文化认同的疑问》等。

全球本土化

一

在台北市建国南路与和平东路交界的地方，有一家星巴克咖啡馆，好几年前这里还是麦金塔（Macintosh）计算机的店面（现在直接叫苹果计算机，鲜少有人知道麦金塔了）；而更早之前，这儿原本是本地人经营的一家烤鸡店。沿着和平东路向西走，跟星巴克只隔一个店面则是另一家叫"丹堤"的咖啡连锁店。丹堤的隔壁曾经是一家基督教书店，再过去的生机食品店则一度是空中英语教室经营的书局。空中英语教室经营一个历史悠久且颇受欢迎的英语教学广播与电视节目，书局因此只陈列与节目相关的商品，像是《空中英语教室月刊》、教学用的录音带、光盘与录像带，以及各种常用的文具。紧邻着空中英语教室书局的是台北市著名的基督教教会灵粮堂。过去几年，这所教会涌进了不少外籍教友，特别是来自印度尼西亚的外籍劳工：这是台湾地区参与国际劳力分工的一个现象。灵粮堂现在甚至还有印度尼西亚语的主日礼拜。

教会的隔壁是一家叫"全家"的便利商店，这家来自日本的便利商店完全师法 7-Eleven 的营业方式。果不其然，距离全家便利商店咫尺之遥就有一家 7-Eleven 便利商店。再朝西走，穿过新生南路，就在行人天桥角落，有一家叫"东方米兰"的火锅店，不到一年前这里还是一家美国跨国连锁经营的时时乐（Sizzler）餐厅。不论经济情况好坏，这家餐厅似乎不受影响，尤其是晚餐时，餐厅经常高朋满座。不知何故突然歇业了。在东方米兰旁边是一家日系的摩斯汉堡店，再走过几间商店，我们又看到另外一家 7-Eleven。事实上，几米外又是一家。

再往前走，经过台湾地区师范大学，来到和平东路与罗斯福路的交界处，我们就站在另外一家星巴克咖啡馆前面。

几年以前，这里还是一家叫"故乡鲁肉饭"的台湾地区小吃店。站在和平东路口向北望去，在罗斯福路上不到100米的距离，我们看到一家麦当劳快餐店，这家麦当劳的店面占据了大楼的两个楼层。如果我们在和平东路上向西看，越过罗斯福路在两家电器与计算机卖场之间，还有一家肯德基炸鸡餐厅。

以上所描述的是我家附近大约一公里内的街头景象。这不是个独特的场景，而是现在台北街头常见的景象；但这并不表示本地的商店与餐馆就此绝迹，或是被这些跨国企业所取代了。本地的商店仍是台北街头的主要景象，只不过跨国企业的加盟商店现在已成为台北都会景观当中相当显著的一部分。这些商店通常占据台北街头较为便利的据点，我们从大老远就可以看到它们全球统一的标志或广告牌。

这种景象在二三十年前是看不到的。譬如说，麦当劳在台北的第一家分店要到1984年元月才开张。这可是当年一大热门新闻，因为在开幕后的几天内顾客大排长龙，同时也为台北的餐厅服务业带来革命性的改变。台北第一家麦当劳的成功立即启发了美国快餐业者纷纷跟进：温迪汉堡（Wendy's）、汉堡王（Burger King）、肯德基及必胜客（Pizza Hut）等美式快餐餐厅，在麦当劳之后的一两年内随即在台北建立据点。

现在全台湾地区的城市和乡镇随处可见这些美国快餐连锁餐厅。

　　后来的例子是星巴克咖啡馆。这家以西雅图为基地的咖啡连锁店刻意遵循麦当劳的扩张模式，在 1996 年开始拓展其海外事业，并且在 1998 年在台北建立了第一家加盟店。现在台湾地区大小城镇都有星巴克的分店，其中有许多还是坐落在租金昂贵的繁忙商业地段。星巴克咖啡馆在台湾地区的加盟权为台湾地区的食品业龙头统一企业集团所有。依据台湾地区星巴克咖啡经理徐光宇的说法，他们锁定的消费对象是收入较高的中产阶级顾客；因此这家咖啡馆的管理经营也就偏于休闲导向。为了要做到原味重现，统一集团不惜从星巴克咖啡馆的西雅图总部进口壁纸、绘画、摄影作品以及垃圾桶来装潢台北的连锁分店，甚至店中使用数量庞大的纸巾也是来自美国。[1]

　　统一企业也是台湾地区 7-Eleven 便利商店加盟权的所有者。在麦当劳成立的 4 年前，台北的第一家 7-Eleven 于 1980 年 2 月开张，开始了台湾地区便利商店的时代，也改变了台

----

[1]　请参考王俊之的特别报道，见台湾地区《中央日报》(1998 年 6 月 12 日)；同　时请参考杨雅民发表在《商业周刊》第 591 期的分析报道 (1999)。网址：http://　www.bwnet.com.tw/bcontent/1999/591t104.htm。——原注

湾地区的日常消费文化。6 年之后，也就是 1986 年，第一百
家 7-Eleven 分店开张经营，同时也开始获利。7-Eleven 自
1983 年开始全日 24 小时营业，而且全年无休，目前全台湾
地区已有三四千家的 7-Eleven，包括澎湖、金门等离岛都有
分店。

二

我无意在这里讨论麦当劳与其他跨国企业在台湾地区的
成功故事。我的叙述想要揭露的是一个广泛被称为麦当劳化
（McDonalization）的进程。瑞泽尔[1]（George Ritzer）在其
《社会的麦当劳化》（*The McDonalization of Society*）一书中，
将麦当劳化视为以"快餐餐厅的经营原则，主导美国与世界
上其他国家愈来愈多领域的进程（Ritzer 1995:1）"。他把这
个进程称作麦当劳化，因为"麦当劳过去是、现在也是这个
进程中最重要的呈现（xix）"[2]。事实上，麦当劳与许多快

---

[1]　瑞泽尔（1940—　　），美国学者，主要研究社会理论、工作社会学、全球化等议题。
　　　著有《社会学：一门多范式的科学》、《社会的麦当劳化》、《后现代社会理论》等。
[2]　瑞泽尔采用"麦当劳化"一词的另一个原因是，这个用词在英文发音上比其他的
　　　用词来得顺口。——原注

餐业者现在可说无所不在，不只在美国，在其他国家，这些快餐店也是许多人熟悉的符号。麦当劳化因此"不只影响了餐厅的经营，也影响了教育、工作、健康医疗、旅游、休闲、饮食、政治、家庭，以及社会上的每个层面。麦当劳化充分展现出一种无可妥协的历程，横扫许多看似难以渗透的机构与世界各地"。(Ritzer，1995:1)[1]

瑞泽尔进一步分析他所谓的麦当劳化的四个面向，这也是麦当劳化进程之所以能够成功的核心：第一是效率，也就是步骤与步骤之间的理想连贯方式，目的在满足顾客的需求；第二是精确性，也就是强调其产品在量方面如何精确无误；第三是预期性，也就是确保产品与服务在不同时间与不同地点都能维持相同的质量；第四是非人力的科技控制，也就是对进入麦当劳世界消费或工作的人的控制过程。瑞

---

[1] 所谓麦当劳化确实并不只发生在跨国餐饮业而已。2002年，台中市政府曾经有意争取美国的古根海姆（Guggenheim）美术馆在台中设立分馆。我后来的同事吴金桃即将此计划视为麦当劳化的计划，并以《谁需要麦当劳化的美术馆?》为文章的标题勾勒其批判要旨。吴金桃的批判大抵根植于文化帝国主义的论述，因此她在文章结尾时提出她的质疑："像商场上的连锁店一样，古根海姆靠着它的注册商标（即古根海姆）和策略服务，在世界各地开设分馆，牟取厚利……难怪批评古根海姆的人，创了McGuggenheim这个新字，把它比喻为麦当劳。这种海外文化据点的攻城略地，无可避免的让人想起'文化殖民主义'和'文化帝国主义'。就像美国流行文化的麦当劳、可口可乐，横扫了全世界，跨国的古根海姆集团所代表的，是不是也正是美国精英文化征服世界的野心呢？"（吴金桃，2002）——原注

泽尔认为，这些特征也可被视为理性系统的基本构成因素
（9—13）。

依据瑞泽尔的说法，体验麦当劳化也就意味着以精密计
算的方式来体验理性。芬克尔斯坦（Joanne Finkelstein）进一
步阐释瑞泽尔的论点指出，活在麦当劳化的世界里，就是活
在"精密的科技与系统导向的世界，在意识形态上致力于达
成工具理性与科技的未来"（Finkelstein，1990:70）[1]。芬克
尔斯坦的话显然呼应了霍克海默（Max Horkheimer）与阿多
诺（Theodor W. Adorno）在批判文化工业时的基本假设，同
时也描绘了人类的处境如何越来越受到麦当劳化社会理性系
统的掌控。[2]

我在本节开头所描绘的街景主要在呈现麦当劳化如何在

---

[1] 这里必须指出，瑞泽尔的研究主要是以韦伯（Max Weber）的理性化理论探讨
　　麦当劳化理性中的非理性成分。本文的重点不在检讨瑞泽尔的理论，因此这里
　　无法详论。对瑞泽尔理论的批评请参考 Alfino, Caputo 及 Wynyard 合编的论文
　　集。——原注

[2] 何春蕤在探讨台湾地区的麦当劳现象时指出麦当劳在其店面空间上的另一种理性
　　安排："在空间安排上，每家麦当劳分店都策略性的坐落于人口密度极高的都会据
　　点，内部空间宽敞明亮，虽然由于台湾地区的土地昂贵而必须缩减一楼的门面，
　　但是麦当劳却把空间向上延伸数层楼面，并把向着街道的墙面全部打掉，改装整
　　面的落地玻璃；内部的桌椅则承袭母国本店的现代主义作风，以简单但流线、容
　　易清理而线条明朗的设计来框架店面的空间感受。这些高度理性化的安排，对比
　　台湾地区传统住家与一般公共空间的拥挤灰暗与杂乱，在本地的空间感觉上呈现
　　自身为异处的、高雅的、士绅品味的休闲空间"（1997:144—45）。——原注

台北这样的城市日渐扩张其势力。麦当劳化渗透了许多行业，许多人也都不知不觉地参与这个进程：我们会在麦当劳或是其他的快餐店进餐，在 7-Eleven 买份报纸或是通过 7-Eleven 以联邦快递（FedEx）寄送快邮，或是跟朋友相约在星巴克见面聊天。当我们到这些地方消费时，我们无意中也被诱导去体验麦当劳化过程所塑造的单一性（uniformity）与同质性（homogeneity）。麦当劳化将商品与服务标准化，因此，到台北任何一家 7-Eleven 消费就像到台湾地区任何地方的任何一家 7-Eleven 消费一样：同样的产品与标准化的服务。在台北的肯德基用餐跟在台湾地区其他地方的肯德基用餐也没有什么两样。麦当劳化也因而成了复制雷同事物的过程，就像霍克海默和阿多诺对文化工业生产的批评："每个细节都坚定地盖上了同样的章戳，在生产之初没有标志的，或第一眼未获通过的就不会出现。"（Horkheimer and Adorno，1988:128）这么看来，最终造成单一性与同质性的其实是麦当劳化进程中的理性思维与设计。换句话说，麦当劳化的标准化过程正是理性运作的基础。

更重要的是，麦当劳化还标示了一个全球化的进程，这个进程将台湾地区这样的市场更进一步地导入一个由跨国资本主义的逻辑所规范的全球市场中。表面上，麦当劳化所涉及的主要是经济的全球化；以台湾地区的情形来说，也就是将本地的市场开放给跨国的食品与服务产业。[1] 愈来愈多的人，特别是居住在都会地区的人，会在家乐福（Carrefour）之类的跨国连锁超级市场采购日常用品和食品，或者在宜家（IKEA）选购家具。年轻人则宁可在麦当劳或是星巴克待上个几个小时，他们即使还到传统的冰果店去，大概也不会耗上几个小时。因此瑞典学者汉内斯[2]（Ulf Hannerz）的说法或许是正确的：在他看来，文化帝国主义现在"跟市场的关系也许比帝国还要来得密切"（1997:108）。

然而，光是从经济层面来思索麦当劳化所呈现的全球化现象是不够的。麦当劳化现象显然需要从多方面来思考。日本的企业策略大师大前研一[3]（Kenichi Ohmae）即曾提醒我们，全球市场除了经济层面之外，还有文化层面。在他看

---

[1] 虽然台湾地区的经济全球化迹象主要来自美国，世界其他国家和地区的跨国公司也有不少已经进入当地市场。譬如，法国的超级市场龙头家乐福（Carrefour）；香港地区的顶好（Wellcome）超级市场；香港地区的超级商店屈臣氏（Watson's）、英国的美体小铺（The Body Shop）、特易购（Tesco）大卖场；以及日本的咖啡馆与超级市场等。——原注

[2] 汉内斯（1942— ），瑞典社会人类学学者，主要研究城市社会、本土媒体文化、全球化等议题。著有《探索城市》、《文化复合体》、《文化、城市与世界》、《人类学的世界》等。

[3] 大前研一（1943— ），日本著名管理学家、经济评论家，著有《无国界世界》、《全球舞台大未来》等。

来，跨国品牌的牛仔裤、可乐以及造型新颖的运动鞋之广泛流行，将会造成消费者品味与喜好的过度汇集。新模式的远距通讯使这个情形更形严重。这是麦当劳化的结果（Ohmae，1995:29）。换句话说，麦当劳化应该以超越经济全球化的形式来理解，这其实也是个文化全球化的过程，"象征着文化符号与生活方式的**汇集**"。（Beck，2000:42，强调部分为原文所有）这样的全球化观点主要在凸显麦当劳化的社会文化意涵。

齐泽克[1]（Slavoj Žižek）则进一步将这个现象标举为资本主义晚近发展的所谓新精神（new spirit）。这种新精神尤其展现在商品消费方面，他把这种新精神概括称之为文化资本主义（cultural capitalism）。齐泽克指出，在文化资本主义的操弄之下，"我们购买商品主要并非因为商品的用途或地位象征；我们购买这些商品是为了获取商品附加的经验，我们消费的目的在于使我们生活愉快而有意义"。（Žižek，2009:52）

齐泽克以星巴克的一则广告为例，说明文化资本主义的运作逻辑。星巴克的广告强调，该公司特别重视咖啡伦

---

[1] 齐泽克（1949— ），著名斯洛文尼亚社会学家、哲学家与文化批评家。《意识形态的崇高客体》为齐泽克带来世界性声誉。此外著有《幻想的瘟疫》、《易碎的绝对》等。

理，因为该公司一向购买所谓的公平贸易咖啡（Fair Trade coffee），其数量远超过世界上其他的咖啡公司。星巴克身体力行，就是为了确保种植咖啡的农夫能够获得公平合理的价格。此外，该公司还投资改善全球种植咖啡的产业与其小区。星巴克因此自认为公司的政策与作为称得上是好的"咖啡业报"（good coffee karma）：所费不多的一杯星巴克咖啡让咖啡馆变成了"一个有舒适椅子、优美音乐与气氛恰好的地方，可以梦想，工作与聊天"。广告所企图凸显或附加的"文化"剩余价值昭然若揭。齐泽克说，这则广告明明白白告诉我们，星巴克咖啡之所以比别的地方略贵，那是"因为你真正购买的是'咖啡伦理'，包括对环境的关怀，对生产者的社会责任，还加上一个你可以参与群体生活的地方"。（Žižek, 2009:53-54）齐泽克举的另一个例子是有机食品。他认为，贩卖有机食品的人要我们相信，当我们购用价格昂贵的有机食品时，"我们不仅购买与消费而已，我们同时在做有意义的事，我们展现自己具有关怀的能力与全球的意识，我们参与了某项集体计划"（54）。这样的新精神甚至形塑了晚近新兴发展的一个研究领域："幸福研究"（happiness studies）。

一般而言，麦当劳化作为全球化进程之所以遭到批判，主要还是出于对文化同质化的恐惧。简单地说，文化同质化的假设是，由于跨国企业在世界各地强力推销其商品与服务，在这些跨国公司的推波助澜之下，逐渐形成一个全球性的文化，世界上许多社会也将因此结合在全球资本主义的经济体系当中，在文化上接受资本主义文化逻辑的操弄与控制。这个论点进一步指出，这样的全球文化基本上是受到美国文化的塑造与操控的，由某些美国文化中的标准文化符号所代表，如快餐、好莱坞电影、大众文化、运动鞋、可乐等。因此，麦当劳化在相当程度上无异等于美国化，并且具体象征着美国资本主义笼天罩地的宰制力量。汉内斯即曾这样描述文化同质化的场景：

　　对许多人来说，"全球化"一词的意涵是这样的：一个全球同质化的进程将大部分来自西方几个中心的特定观念与实践散播到世界各地，造成其他替代选择就此销声匿迹。在有些人眼中，这就是现代性的胜利征伐。其他的人则是哀叹全球化已被庞大的文化商人所接收，这些商人确保世界各地——在前第二世界、第三世界以及其源头的第一世界——都可以喝得到可口可乐，看得到《朱门恩怨》[1]（*Dallas*），以及玩得到芭比娃娃。
（Hannerz，1996:24）

这个场景中的"西方"指的显然是美国，因为其中所提到的符号——可口可乐、《朱门恩怨》及芭比娃娃等——全都是美国的通俗文化符号。这个场景无疑让我们看到了一个被美国文化霸权所支配的世界。

三

文化同质化的论点同时也反映了一个本土文化深受威胁的景象。史密斯[2]（Anthony D. Smith）心目中的新文化帝国主义，也可以被用来描绘像麦当劳化这样的全球化进程：

> 他们（跨国企业）成功的核心，在于他们具有散布包装得恰到好处的意象与象征的能力，这些意象与象征为他

---

[1] 《朱门恩怨》是美国于 1978—1991 年间播放的电视剧，共 14 季，讲述了达拉斯石油富商 Ewing 家族的恩怨。2012 年此剧被翻拍，重登荧幕。

[2] 史密斯（1939— ），伦敦经经学院人类学、民族学教授。著有《第三世界的国家与民族》、《国家的民族学起源》、《国家的神话与记忆》、《国家的文化基础》等。

们传达他们所提供的服务的定义。由于他们必须仰赖跨国性的共同语言，远距沟通的新系统与计算机化的信息网络正好可以让他们跨越语言与文化上的差异，稳定他们所需要的劳工与市场。换句话说，资源、范畴、跨国企业活动的专业弹性，使得他们能够几乎以全球的规模呈现其意象与信息，更多本土单位的文化网络因此面临淹没，其中包括国族与族群团体。(Smith，1990:174－75)

瑞泽尔在分析他所谓的现代的"猥亵权力"(obscene powers) 时也点出麦当劳化带给本土文化的威胁。他认为，麦当劳化对本土文化的渗透，"使我们很难觉察到这个进程以及与此进程相关的问题是具有国际性的视域的。麦当劳化的原则在侵入本土场景时，为本土社群带来的最大威胁，还是在于这个进程是那么隐而不见"。(Ritzer，2000:19－20) 麦当劳本身就是一个很好的例子，因为麦当劳知道如何不动声色地调整自身的产品、建筑装潢与气氛来迎合当地的情境。此外，史密斯所说的"包装得恰到好处的意象与象征"也不是中性的，这些意象与象征往往隐含着鲜明的价值观与意识形态，会对本土的文化传统产生冲击，甚至连根拔除这些文化传统。就此而论，这些意象与象征也为我们界定了新的生活方式与行为模式。

　　大致说来，文化同质化的论点所铺陈的文化帝国主义论述是相当动听有用的；不过，当我们检验这些论点，并且观察本土如何响应像麦当劳化这样的全球化进程时，我们发现，结果似乎远比文化帝国主义的论述要来得复杂。[1] 文化同质化的论点在指陈跨国企业残酷无情的侵略性之余，似乎忽略了这些跨国企业在策略上所表现的精微细腻；其实跨国企业之能够四处兜售其商品与服务，以及其商品与服务所附加的价值观与意识形态，部分靠的正是其策略上的精微细腻。此外，文化同质化的论点也忽视了本土社会文化可能采取的抗拒与修正。凯尔纳（Douglas Kellner）在台中麦当劳的经验也许可以说明我的论点：

　　　　有一天晚上我在台中市中心一带寻找洗手间，正好亲身体验了麦当劳的丰富活力。当我徘徊寻找洗手间的时候，我注意到这个地方——这是一栋位于住户密集的都会地区的三层楼建筑——有学生在看书，有年轻人在

---

[1] 有关文化帝国主义的议题，较详尽的讨论请参考汤林森（John Tomlinson）的专书（1991，1999）。一般对文化帝国主义的批判主要基于民族文化的考量，汤林森则在其批判中带进全球文化现代性的课题。——原注

聊天，也有情侣在约会。我的朋友跟我说，闹市的麦当
劳是个很棒的读书与社交场所，本地人显然也知道善加
利用麦当劳的这点好处。很明显的是，**这里的社交目的
与功能跟我在美国看到的麦当劳是截然不同的**，美国的
麦当劳既不鼓励，在某些情况下甚至还不允许顾客在
里头打发时间，或是当成阅读室或休息站。（Kellner，
1998：xi，强调部分为笔者所加）

这个事实正好说明，为适应本土的消费行为，麦当劳在
服务形态上必须力求调整或改变。[1] 这些调整或改变显然跟
台湾地区都会地区年轻人的文化有很大的关联。这个事实也
可以证明麦当劳如何想方设法，努力将其企业本土化。显然，
本土化是可以卖钱的。

　　类似的例子俯拾皆是。几乎所有跨国快餐业者都会重新
调整他们的菜单以迎合本地的口味：麦当劳提供烧烤猪肉堡，
肯德基有四川风味的劲辣炸鸡，必胜客备有海鲜比萨，时时
乐以前还为顾客准备了中式药膳汤。不过把这一切发挥到极
致的应该是 7-Eleven 便利商店：这家美国连锁便利商店在

---

[1]　有关麦当劳在台湾地区所扮演的社会功能，请参考何春蕤（1997:146—48）。——原注

台湾地区分店贩卖的商品中超过 95% 是本地的产品，少数看得出来的美国符号可能只有像万宝路（Marlboro）与沙龙（Salem）之类的跨国香烟品牌。台湾地区的 7-Eleven 也跟美国城市中的不一样，台湾地区的加盟店还提供饭团、面食、甜不辣[1]、包子、便当、咖啡等以应付都会人口的需求。顾客甚至可以在此领取通过网络预定的高速铁路和台湾地区铁路车票，并且缴纳各种费用。阎云翔在总结其对北京麦当劳快餐店的分析时指出，"进口文化的地理根源已越来越不重要；真正重要的是进口文化所造成的本土后效"。他甚至预言，由于麦当劳成功的本土化策略，20 年后，"新一代的北京消费者可能将麦香堡、炸薯条及奶昔视为不过是本土的产品"。（Yan，1997:75 — 76）这个情形其实早已在台湾地区发生：当我们进入台湾地区的任何一家便利商店，不论 7-Eleven、全家、莱尔富，或者福客多，我们不会去区分这是美国的、日本的，或是本地的便利商店。就像我们进入星巴客、西雅图、丹堤、真锅、怡客，或台北的任何一家咖啡馆，我们大概不会在乎或特地寻思这些咖啡馆的地理根源。

　　要解释这种现象，或者要了解本土如何面对全球化的

---

[1] 台湾地区著名小吃，将鱼板油炸后与其他食材煮过后食用。

挑战，我们需要将全球本土化（glocalization）的观点带入我们的讨论。全球本土化最先是被视为一种商业策略，根据罗伯森[1]（Roland Robertson）的说法，全球本土化是全球（the global）与本土（the local）的混杂，最早被日本商业界所采用，用来解释全球视野如何被调整以适应本土的情境。这个观念被认为颇能准确描述全球化进程中的真相。正如罗伯森所言，"从我自己的分析与诠释立场看来，全球化的观念已经涉及了传统上称之为全球与本土——或者较抽象的普世性与独特性——两者之间同时并存与相互渗透的现象"。（Robertson，1995:30）因此，任何有关全球化的讨论都必须将全球与本土之间互动的关系列入考虑。事实上，讨论全球化即意味着讨论全球本土化。

　　整个全球本土化的观念跟所谓的微观营销（micro-marketing）其实有很大的关系，目的是要"在全球或是几近全球的基础上，将商品与服务量身定做，广为推销，以打入日益区隔的本土与独特的市场"。（Robertson，1995:28）隐身于微观营销背后的显然是全球消费资本主义：相当依赖全球市场的跨国企业，也察觉到有调整策略，以适应本土情境的必

---

[1]　罗伯森（1938—　），英国社会学家、全球化理论家。著有《全球化：社会理论与全球文化》等。罗伯森是首位为"全球化"下定义的社会学家。

要，只有这样他们的商品与服务才能够销售出去。这也说明了麦当劳与其他快餐连锁业者为何要调整产品以迎合特定的时空情境，主要贩卖本土产品的 7-Eleven 也因此能够取代台湾地区传统的杂货店。诚然，微观营销正为全球各地带来改变，使得本土再也不是一个抗拒或对立的场域，反而变成了接纳的场域。

全球本土化的观念因此也预示了一个相互依赖的世界。正如罗伯森所说的，在这样的世界里，"全球本身并非本土的对立。相反，经常被称为本土的实质上也被含纳在全球里头"（Robertson，1995:35）。因此在全球本土化的进程中，本土与全球之间具有无法断裂的统一性：全球即存在于本土之中，反之亦然。如果全球需要重新调整以适应当地的情境，当本土面临全球强力的渗透时，恐怕也无法抗拒改变的浪潮。例如，麦当劳化的冲击在台北街头即轻易可见。前面已经指出，台北当初引进麦当劳，对台北的餐饮服务模式带来巨大的改变。除此之外，有些餐厅也开始效法麦当劳，如法炮制麦当劳的经营方式。[1] 本土的快餐餐厅也开始出现，

---

[1] 查建英有关深圳面点王连锁餐厅的文章值得参考。有趣的是，文章题目就叫做《向麦当劳学习》（"Learning from McDonald's"），让我们想起早些年一本讨论后现代主义的名著《向拉斯维加斯学习》（*Learning from Las Vegas*）。查建英在访问

其中有些还逐渐成长为连锁餐厅。通常只能服务小小区的传统杂货店，也几乎完全被整洁明亮的便利商店所取代，这些便利商店都是 7-Eleven 的复制品。星巴克咖啡馆的成功案例也引起有些业者对咖啡潜在市场的注目。现在已经有不少本土的咖啡连锁店，像西雅图极品咖啡馆、丹堤咖啡、85 度 C 等目前正与星巴克激烈地竞争市场。这个例子正足以说明麦当劳化所造成的改变：改变其实不只发生在生活方式与消费行为而已，也发生在台北市与台湾地区其他城市的都会空间与景观方面。

***

面点王某分店的厨房经理曹山孟（Cao Shanmeng）时，特别问起美国速食餐厅对面点王的影响，曹经理的回答生动而有意义。"是啊，"他笑着说，"我们每一样都是向麦当劳学的。"他骄傲地环顾四周，然后在空中划了个巨型拱门。"整个设计、卫生、服务，每一样！"他接着露齿微笑，"我们甚至偷了他们的一位经理。"（Zha，2002:23）据《市场报》的分析，"在与洋快餐的竞争中，'面点王'始终坚持'四化'，即专业化品种选择，在小麦白面里大做文章，以西点取胜；销售相对定向化，将目标消费群锁定在都市白领，几乎所有分店的开设都是跟着写字楼（办公大楼）转；工业化生产，'面点王'分店……吃到的东西都是一样的成色；规范化管理，生产、服务等多方面的措施使一斤面做多少水饺、一只蒸包里食盐、味精放多少克等都有严格规定，甚至服务员给客人送东西先迈哪条腿都有具体要求。"面点王所坚持的四化与瑞泽尔分析麦当劳四个向度时所强调的理性若合符节。——原注

四

根据《时报》的一项报道，在台湾地区代理 7-Eleven 与星巴克咖啡的统一集团同时也持有菲律宾 7-Eleven 超过 50% 的股份。这表示即使菲律宾的 7-Eleven 总裁被要求留任，台湾地区的总裁也仅只担任名誉总裁——统一集团实质上已经是菲律宾的 7-Eleven 的经营者。[1]

根据《时报》的另一项报道，统一集团也是 7-Eleven 便利商店在北京的经营者。北京第一家 7-Eleven 便利商店于 2003 年开张营业，2008 年举办奥运会的时候，北京已有 500 家的 7-Eleven 便利商店。统一集团之后在 2009 年 5 月开始也在上海成立 7-Eleven。[2]

这两则新闻报道正好点出了跨国企业不断扩张的本质，不过这也说明了，在抢夺全球市场的时候，本土——如上述例子中台湾地区的统一食品集团——有时候也会与全球共谋合计。本土会变成全球的一部分，而全球也因此会变得更具

---

[1] 请参考《时报》的报道（2000 年 10 月 3 日），第 24 版。——原注
[2] 其实 7-Eleven 便利商店早就进入中国大陆。早在 1992 年，香港地区牛奶国际公司即获得美国南方公司授权，在广东设立 7-Eleven 便利商店，香港地区牛奶国际公司拥有这些商店 65% 的股权。——原注

霸权威力。基本上，这里所涉及的还是代理人的问题：究竟是谁把谁全球化了？

这两则新闻报道的例子其实也验证了一个事实：本土的抗拒力量也会逼使全球转换成为本土的一部分，本土或将因此扩张成为全球的一部分。这个事实也让我们体认到全球化进程中本土所扮演的关键性角色。回到这一节的主旨，我的初步结论是：将麦当劳本土化即等于赋予麦当劳新的本土意义，并进一步协调与探索全球与本土之间的关联性——也就是全球本土化。换句话说，唯有在本土化的进程中检视全球化，我们才能够较客观地理解全球化的全面意义。

跨文化转向

一

　　在这一章里，我想以形貌与性质都差异甚大的两个文化事实探讨跨国文化研究的问题。

　　2001 年 3 月，我到撒丁岛（Sardinia）的卡利亚里（Cagliari）参加一个关于非裔美国研究的国际学术研讨会。撒丁岛为意大利位于地中海的小岛，对我们许多人来说，这个小岛具有重要的历史意义，因为撒丁岛正是葛兰西（Antonio Gramsci）的故乡。[1] 我参加的研讨会由设于欧洲的非裔美国研究联合会（Collegium for African American Research）与卡利亚里大学所合办，发表的论文大约有 400 篇。一位与会的非裔美国学者在会议揭幕致词时戏称，这么大量的论文发表，正好说明非裔美国人可能是世界上被研究得最多的族群。虽然与会的学者有相当大比例是美国人，但这个研讨会仍然聚集了来自世界各地的非裔美国研究的学者。然而，美国人的高比例参与率无疑显示了学术研究其实也难免受制于国家的政治与经济实力。

如同许多学术领域那样，非裔美国研究乃是 20 世纪 60 年代身份政治的产物，原本只是一个属于美国本土的、全然地方性的现象。促使非裔美国研究成为全球性的学术与教育产业的，其实是美国学术与教育庞大的建制力量，包括各种研究机构、大学、基金会、学会、学术会议、期刊、出版社、研究补助金及奖学金等。这一点从许多与会的非美国籍学者的背景即可见一斑，他们之中大都曾经在美国留学或从事研究。

---

[1] 1891 年，葛兰西生于卡利亚里一个叫阿列斯（Ales）的小镇。1908 年他搬到卡利亚里市与哥哥同住，并在当地就读中学。在读中学的 3 年中，他熟读克罗齐（Bendetto Croce）的著作，并且在意大利文学老师格拉齐亚（Raffa Grazia）的教导下，逐渐了解社会主义与阶级斗争的意义。——原注

这种建制力量借美国全球的政治、经济及文化影响力，让许多美国的本土议题俨然成为全球的、世界性的议题。这种建制化的过程当然是建制史的重要课题。(Leitch，1996:14)

当非裔美国研究在全球日渐受到重视时，美国本地的学者却开始争论着这个领域的研究走向与教学焦点。其中最大的争议是，非裔美国研究是否应该维持其地方特性，将焦点放在与非裔美国社会有关的议题上。谢伊（Christopher Shea）不久前在一篇文章里即以耶鲁大学的非裔美国研究系为例，说明这个争议的关键所在。谢伊指出，耶鲁大学非裔美国研究系主任卡尔比（Hazel Carby）希望能够"疏通非裔美国研究，扩展这个领域的范围，使之超越单一国家的界线与种族观念的狭隘想象"。卡尔比期许耶鲁的黑人研究与教学能够挑战"美国褊狭的乡土政治观"（Shea，2001:44）。

卡尔比是位成长于伦敦的文化批评家。当时她与另一位也来自伦敦的著名文化批评家吉尔罗伊（Paul Gilroy）企图规划改变耶鲁非裔美国研究未来的研究与教学走向。吉尔罗伊多年来一直是大西洋彼岸黑人经验的重要代言者。他在1993年出版的《黑色大西洋：现代性与双重意识》（*The Black Atlantic：Modernity and Double Consciousness*）一书里，即反对民族主义与绝对族群主义式的非裔美国研究方法。反之，他认为"文化史家应该在讨论现代世界时，将大西洋区域视为一个可分析的复杂的整体，并且以之来发展一个明确的跨国与跨文化的观点"。(Gilroy，1993:15) 吉尔罗伊在 2000 年出版《在对立阵营之间：肤色界线终结下的种族、身份及民族主义》(*Between Camps：Race，Identity and Nationalism at the End of the Colour Line*) 一书，更进一步表明了他对种族流动的敏锐观察。[1] 他批判绝对的族群主义，视之为法西斯意识形态的根源。他认为传统与异议的文化正处于衰颓之中，因为这些文化"在全球化与全球对黑质 (blackness) 贸易的不平衡效应下已变形得难以辨识"。(Gilroy，2000:13) 此处所说的全球化与全球对黑质的商业活动，即吉尔罗伊所指的加诸于种族这个象征性符号的"政治与经济的跨地域性力量" (14)。他将此情况视为"种族"与再现危机的一部分，"引导着我们从所有种族学 (raciology) 的束缚中解放出来"。(15)

卡尔比与吉尔罗伊尝试将跨国与跨文化的视野引进非裔美国研究的意图，激发了学术社群里怀疑与批评的声浪。著名的美国黑人文化批评家贝克 (Houston A. Baker, Jr.) 就认

---

[1] 美国版的书名为 *Against Race：Imagining Political Culture beyond the Color Line* (Cambridge，MA：The Belknap Pr. of Harvard Univ. Pr. 2000)。英国版的封面则另有副标题 "Nations，Culture and the Allure of Race"。——原注

为耶鲁的改革行为是不必要的挑衅。他以本土主义者的语气表示不满："让并非在美国出生与成长的耶鲁朋友们带有贬义地对非裔美国研究——或广义来说，触发非裔美国研究的民权与黑人民权运动——指指点点，是一个不幸的现象。我认为这实在是一个极不礼貌的行为。"(Shea，2001:45)

二

李安执导的《卧虎藏龙》在国际享有盛誉，但这部影片也引发了众多的讨论。李安生长于台湾地区，后来在纽约大学念电影专业。1992年他执导了第一部商业剧情片《推手》，次年则推出《喜宴》。这两部影片皆触及华人在美国的离散生活。离散生活本来就艰辛困顿，若遇上世代冲突更变得益形复杂。1994年在台湾地区拍摄的《饮食男女》讲述的是一位名厨因为年老失去味觉而导致厨艺渐衰的故事。有趣的是，这些李安的早期作品充满了费瑟斯通[1]（Mike Featherstone）所谓的"发生在亲友、邻居与同事之间具体实践中的微型仪

---

[1] 费瑟斯通（1946—　），《理论、文化与社会》杂志的创始编辑之一，诺丁汉特伦特大学教授。后现代主义和全球化争论的有力参与者。著有《消费文化与后现代主义》、《消解文化》等。

式、习俗及礼节"。(Featherstone，1995:94) 特别是《喜宴》与《饮食男女》这两部影片，片名即意有所指，影片中一幕幕巨细靡遗、充满嬉闹欢笑的饮食仪式，呈现着多层次的民俗志意义。《喜宴》一片的场景设在全球城市的纽约，讲述的是华人新移民的生活，影片少不了费瑟斯通所说的"仪式演出与仪式语言的形式主义"(Featherstone，1995:94)，特别是不时以特写呈现的婚礼与喜宴场景，不仅强化了移民的社会关系，也在文化上召唤本土的社群意识。这些全是费瑟斯通所谓的"可辨识的文化资本"(94)。

在拍摄《饮食男女》和《卧虎藏龙》的几年之间，李安执导了 3 部英语片。他先是在 1995 年到英国执导由简·奥斯丁 (Jane Austen) 的小说改编而成的《理智与情感》(*Sense and Sensibility*)，由艾玛·汤普森 (Emma Thompson) 和凯特·温斯莱特 (Kate Winslet) 主演。此片被《卫报》(*The Guardian*) 影评人弗伦奇 (Philip French) 誉为"最好的一部由简·奥斯丁小说改编而成的电影 (French，2001)"。《视听杂志》(*Sight and Sound*) 的坎普 (Philip Kemp) 则认为这部影片是"奥斯丁小说改编的电影中最生动且最具电影效果的"。(Kemp，2000:13)1997 年与 1999 年，李安又分别拍摄了《冰风暴》(*The Ice Storm*) 和《与魔鬼共骑》(*Ride with the Devil*)。前者改编自穆迪（Rick Moody）的同名小说，以美国新英格兰郊区为背景，刻画 20 世纪 70 年代早期美国社会道德伦理价值混乱下中产阶级的愤恨与性倦怠。后者则是一部有关美国南北战争的传奇影片，也是李安的第一部动作片。

我们显然有必要以跨国与跨文化的眼光来看待李安的导演生涯。若我们只用单一国家或文化的角度来理解他的电影，可能是有其局限的，何况目前的电影制作不乏跨国与多国合作的结果。[1] 虽然李安在接受《卫报》的访问时自承，拍摄《卧虎藏龙》的确是有他"实现孩童时期梦想以及在文化上寻根"的目的，但这部影片更展现了文化的复杂性。《卧虎藏龙》的编剧之一沙姆斯（James Schamus）在访谈结束前也说

---

[1] 《卧虎藏龙》是一部最适合用来讨论当今电影工业复杂的多国与跨国面向的影片。与李安长期合作的编剧与制片沙姆斯（James Schamus）如此形容这部影片的制作："这部影片的集资过程最足以说明当今全球电影产业的真实风貌。投资本片的有法国银行、洛杉矶的债券公司、7 个不同的先期订购者，以及许多欧洲的赞助厂商。我们将影片卖给索尼的两个子公司，一个是索尼经典电影公司（Sony Pictures Classics），另一个是索尼亚洲电影公司（Sony Pictures Asia）；当然，我们的共同制片在中国。我们的法律顾问在纽约，还有台湾地区和香港地区的制片以及北京的前制作业。我们的制作公司后来一分为二，最后变成 3 家不同的公司；香港地区的公司也为了公司结构与税务的缘故，合并了一家英属维京群岛公司以及另一家北美的有限责任公司"（Kemp，2000:15）。沙姆斯认定《卧虎藏龙》是"一件真正泛华人的作品"，结合了马来西亚演员杨紫琼、香港地区的周润发、台湾地区的张震，以及北京来的章子怡。"台湾地区导演李安在大陆拍摄，与香港地区部门主管合作，并且援用北京的技术支援"（15）。此外，旅居美国的华裔作曲家谭盾与大提琴家马友友的加入，"更使李安电影的情感丰富度提升到有如歌剧一般"（Kemp，2000:15）。加拿大籍的歌手李玟也为电影演唱主题曲。——原注

明这部影片的复杂性：

> 我一直以为我们要拍一部西方人看得懂但却仍然非常中国的电影，最终我也认为这是一部中国影片。不过从某方面来说，我也相当能够理解为何这部影片在亚洲同样受到欢迎。不只是因为影片保留了亚洲的身份认同，还因为电影情节在结合西方论述之后迸发的新奇美好的效果。尤其是影片中女性角色的刻画与罗曼史的部分，在此类型的电影中一直是少见的。我发现西方人对这部电影的普遍反应是，他们看的是一部两小时的道家动作片。最有新意的部分当属影片所要表现的中国特质（Chineseness），就算这部分因为字幕的关系无法被充分理解。因此，最后我们似乎是制作了一部给西方人看的东方影片，但从另一个角度来看，却更像一部给东方人看的西洋影片。

暂且不论这部影片如何成功地打进国际市场，台湾地区观众在观赏《卧虎藏龙》后似乎呈现出一种批判性的矛盾。有趣的是，这种批判性的矛盾通常是出于文化的考虑。一般来说，熟悉武侠电影传统的影评多半认为，这部影片之打破传统武打风格，主要是为了迎合西方的口味。一位影评人即不客气指出，影片里的许多问题，对西方观众来说并不构成问题。电影中许多吸引人的成分，包括青冥剑的封号、角色间的机智对白，以及影片结束前玉娇龙（章子怡饰）跳下断崖时画面的留白等，让观众忽略了影片剧情结构本身的空洞贫乏。反之，西方观众却认为这些影片的成分充满禅机与意境。使用计算机特效辅助拍摄的长镜头武打画面，似乎也为武侠片的拍摄手法开启了更多可能性。俞秀莲（杨紫琼饰）和玉娇龙飞檐走壁的对打戏，让台湾地区观众忍不住发噱，但却赢得了西方观众的惊叹与崇拜。（小白龙，2000）

在这许多对《卧虎藏龙》的反应中，廖咸浩的批评特别值得一提。廖咸浩将这部影片的国际声誉视为台湾地区进入文化全球化场域的例证。这是往中心的移动，也是许多边陲文化不得不选择的道路，只不过这种做法却往往因战策目标而牺牲了战略位置。"当前的全球化论述对所谓'中心'过度的着迷，认为不经过中心就无法出头"，对廖咸浩而言，这"不啻又复制了早期现代性中所夸言的'普遍历史'观"。（廖咸浩，2001）

廖咸浩的批评在于将《卧虎藏龙》视为一个性政治操作下的国家寓言。这种解读方式倾向于将电影中的主角配对：

李慕白（周润发饰）和俞秀莲代表汉人压抑拘谨的情欲文化，而罗小虎（张震饰）和玉娇龙的关系则象征着中国少数民族热情奔放的情欲文化。前者优雅但保守，后者则自由而开放。交杂于其中的则是李慕白与玉娇龙之间似有还无的暧昧情愫。这层欲迎还拒的暧昧关系却潜藏着年老衰颓的中华文化的救赎之道：为复兴衰老的传统中华文化，显然有必要接受外来或异质文化的挑战。

　　廖咸浩认为这种诠释是基于对中国情欲文化的普遍想象，而李安的电影和王度庐的原著小说都是这种想象下的产物。支撑这种普遍想象的根基的，其实是自鸦片战争以来盛行于中国知识分子之间的反传统思想：中国传统文化已经老迈腐朽，必须接受外来文化的新成分，才能变革翻新，与时俱进。好莱坞正好投其所好，全心拥抱这种反传统的价值，因为对好莱坞来说，所谓"真理"即存在于东方／西方、传统／现代、坏人／好人等简单的二元对立之中。廖咸浩心中想的是全球化，他提出疑问："我们如果是这样的把自己的文化予以'全球化'不知是祸是福？"（廖咸浩，2001）

三

大抵来说，前面所举的两个例子虽然形貌与性质大异其趣，但无不显现了在争夺文化产品的意义时全球（the global）与本土（the local）之间的紧张关系。我们先以第一个例子来说明。对贝克这样一位文学批评家而言，要比较完整了解非裔美国研究的意义，就必须将之摆在美国黑人的社会现实以及黑人社会与文化斗争的历史脉络来观察。换句话说，在非裔美国研究中所凝聚的诸多变革与抗争的力量，无非是美国黑人社群对美国社会的生产关系与社会关系中各种压迫的本土回应。

吉尔罗伊在讨论到民权与黑人民权运动时，则提醒我们这些抗争的全球与跨国的意义。这些抗争在大西洋彼岸所隐含的意义是这样的：

> 民权运动、黑人民权等的风格、修辞以及道德权威，在明显的尊重但却少了伤感之下，从原本的族群印记与历史根源当中抽离了出来，被输出后并适应本土的需求与政治气候。这些风格、修辞及道德权威通过某种流通系统在英国出现，音乐居于这个系统的中心位置，音乐

并将别处黑人的斗争赋予形体，记录下来，而这些风格、修辞及道德权威又在欧洲不同的情况下诉说出来。这些抗争的形式、风格与历史如何在这么巨大的物质与社会距离之下被挪用，本身就是一个令文化史家深感兴趣的问题。造成这个情形的，除了类似的都会经验之外，还有相似但并非完全一致的种族隔离形式，以及蓄奴制度的记忆、非洲主义的遗产，再加上由这两者形塑的种种宗教经验。（Gilroy，1993:82－83）

对吉尔罗伊来说，这种对民权运动与黑人民权的了解，并不必然就削减非裔美国研究的力量与其政治内涵。不仅如此，这样的了解反而有助于我们探求这些抗争如何经由"跨地域性的力量"（Gilroy，2000:14）或是在"全球化与黑质的全球贸易的不平衡效应"（13）下流通与变形。

另一个相关的例子是饶舌音乐。贝克"将饶舌音乐中明确的黑人特性视为一种形式"。那是一种黑人的都市节奏，一种明显被混杂性形塑的黑人青少年的文化形式："饶舌音乐的技巧不只是那些选择性的扩张与修正，它也包含了大量的建档（massive archiving）。各种各样的黑人声音……被收集到一个装满织线的储藏器里，DJ 们则将其交织成充满焦虑与感染力的迷人壁毯。此时我们脑中浮现的词语即是混杂。"
（Baker，1993:89）

贝克所谓的"大量的建档"其实近乎吉尔罗伊所指的存在于众多黑人音乐中的"引用与指涉"（quotes and references）：

> 经由引用与指涉前人风格与乐手的美学评价，历史的崇高价值得以借爵士乐的形式传递下去。过去因此在现在也能听得到。在雷鬼音乐中，同样的效果来自对某些主要乐曲的接受，而非对乐手个人的器乐创作或演奏技巧的接受。这两个策略也可见于灵乐，其语词通常以蓝调的最佳传统诉说着特定的风格或乐手的历史，而这个风格或乐手正好对某一专辑或音乐类型曾经有过贡献。
> （Gilroy，1991:209）

不论是贝克的"建档"或是吉尔罗伊的"引用与指涉"，指的无非是黑人音乐的互文关系（intertextual relations）。吉尔罗伊认为，"引用与指涉"复原黑人音乐的过去与历史，贝克则认为"建档"在本质上说明了饶舌音乐乃是根植于黑人音乐传统的一种混杂形式，饶舌音乐因此被视为黑人的离散之声，"一个国际的、都会的混杂体"（Baker，1993:93），并且是一个成功营销全球的文化产品。

　　然而，饶舌音乐并不只是一个成功的全球文化产品而已，它也以文化的形式介入全球的政治。卢萨恩（Clarence Lusane）在《饶舌音乐、种族及政治》（"Rap，Race and Politics"）一文中提醒我们，"饶舌音乐的文化力量使其成为全球性的抗争音乐"。他将饶舌音乐带来的全球性冲击总结如下：

　　　　当越南人高唱人权自由的歌曲时，饶舌音乐的政治使命也同样横越地球，从墨西哥到印度，在各地的舞台找到出口。在捷克，当地的饶舌乐手唱出了年轻与贫穷的痛苦。戴着棒球帽、穿着鞋带松绑的球鞋的科特迪瓦青少年们，经由音乐结合起来。澳大利亚的饶舌歌者也发出抗议当地原住民受到不当对待的声音。向原爆受难者致敬，也经常成为日本饶舌歌曲的主旨。（Lusane，1993:42）

　　饶舌音乐的现象可以说明文化如何跨越国家与政治的疆界，在全球各地传播与复制；正因为如此，饶舌音乐的意义更有必要以跨国与跨文化的视角来探讨。其他非裔美国文化产品的情形也莫非如此，美国黑人的电影、舞蹈、文学以及其他音乐类型同样吸引了跨国的消费与模仿。就文化政治学而言，理解隐含在文化产品里的本土抗争的最初意义固然非常重要，不过从跨国和跨文化的观点了解这些抗争，并借以塑造吉尔罗伊所谓的"一个全球的、联合的政治"（Gilroy，1993:4），也同样意义重大。这不但有助于开启我们的新视野，同时也为黑人研究带来新的跨越本土性的启示。

墨西哥文化学者康克利尼（Néstor García Canclini）认为在全球流动的时代，如果还有人想方设法企图控制文化的生产与消费，不仅不切实际，而且恐怕难竟其功。他的理由是这样的：

一、文化生产的去畛域化使得某些文化产品很难完全附属于某一特定国家；

二、技术与设备的发展使媒体讯息在全世界的传播几乎无往弗届；

三、若干影视文化产品的制作费用昂贵，鲜少可能只由单一国家投资；

四、强大的跨国投资集团主宰了文化的生产与发行。

（Canclini，2000:312）

　　我大致同意康克利尼对当代文化生产的描述。基于这样的了解，我想回头谈谈李安的《卧虎藏龙》。这部电影无疑更是一个可以用来说明跨国文化生产的最好例子。这一点可见于前面即已提到的电影的后勤制作。这个事实使我们很难将这部影片贴上任何特定国家、政治或文化的认同标签，尽管影片本身毫无疑问属于通俗的中国电影类型。显然，类型所引发的问题使得讨论这部影片的意义变得格外困难。简单地说，在西方人看来是这部影片重大突破的地方，在对武侠电影相对熟悉的两岸及东南亚的华人观众眼中，也许根本就违背了武侠电影的传统成规。在提到《卧虎藏龙》的武术指导袁和平时，就出现不同的指涉。对坎普这样的英语世界的影评人来说，袁和平是《黑客帝国》（*The Matrix*）的武术指导，而对华文世界的影评人和观众而言，这个名字通常是与成龙或徐克连在一起的。[1]

　　《卧虎藏龙》所受到的佳评当然主要归功于李安的优异导演。然而，这部影片之能够在全球普遍受到欢迎，也是跨国制片与发行公司合作下的结果。这是李安这部电影与全球化

---

[1]　我还读到一篇英译的法国《世界报》（*Le Monde*）访谈成龙的文章，却把袁和平写成何平袁（Woo Ping-yuen），并介绍他说是《杀死比尔》（*Kill Bill*）一片的指导（Sotinel，2004:21）。——原注

最为密切相关的地方。这里头当然涉及几个有趣且互为表里的问题：好莱坞的宰制力量如何吸纳与收编世界各地的电影工作者？本来属于某一文化的电影类型（如武侠片），是如何转换变形以迎合好莱坞的口味？而这一切是否要拜资本主义市场力量之赐？

汤林森（John Tomlinson）在提到文化生产可能引发的效应时曾经指出，"思考全球化下文化效应的方式，是去指出隐含文化意识的'本土'行动如何达成全球性的效应"。(Tomlinson，1999:24) 若从跨国文化的角度了解像《卧虎藏龙》这样的影片，我们容或要问：这部影片是否含有任何全球性的社会或文化影响力？影片的成功是否带给跨国的电影制作任何相应而生的冲击？影片是否提供了一个跨越文化的观影经验？换言之，这部影片是如何被全球地或跨国地了解？《卧虎藏龙》是否只是一个展现地区性异国情调的作品，抑或也隐含着严肃的全球的文化意义？这些问题显然必须在跨国与跨文化的脉络中细加处理。

四

上面所描述的文化场景，用文化人类学家阿帕杜莱的话来说，是属于去畛域化的文化动力（cultural dynamics）。这个用词不仅适用于像跨国公司和国际金融市场之类的例证，也可以用来描述其他全球流动的现象，包括族群、教派、政治的跨国活动等。人员、资金的流动以及疆域的松动从根本上完全改变了文化生产与再生产的基础。（Appadurai，1996:49）康克利尼把上述的现象统称为文化生产与消费的全球系统（global systems）。让我再一次引用他的话来说明当前文化生产与消费的跨国现象：

> 在一个艺术与大众媒体密切互动的时代，一个文化跨国流通的时代，一个艺术家、艺工或作家与其作品末端使用者频繁互动的时代，存在着一个由许多建制（艺廊、博物馆、出版商）、财务支持者（银行、基金会、公家或私人赞助者）及文学批评、传播、旅游业与其他相关活动等行业中的专业人士所构组的复杂网络。这些专业人士影响了文化产品所隐含的社会意义。这个网络不仅仅存在于国家内部而已，同时还涉及众多的国际组织和商业活动与美学评价的全球系统。（Canclini，2000:320）

阿帕杜莱与康克利尼两人共同的主要关怀是文化生产与消费的去畛域化或去国家化过程。再用康克利尼的话来说，在这个过程中，"跨疆界的关系越来越比国家的代表性更具决定性，而多元文化的联盟越来越比认同于某一特定文化要来得重要"。(307) 面对这样的一个过程，以本土中心主义的立场讨论文化意义的生产显然是力有未逮，在基本结构上是行不通的。

非裔美国文化当然是黑色美国时空脉络下的产物，经常透露了黑色美国的政治与社会脉动，但是由于黑色美国的部分文化资产也在全球各地流动，而且在流通全球时，其形式与风格常因被不断挪用、撷取、调整，而遭到变形。这个现象其实是比较文学或比较文化拿手的课题。当非裔美国文化已成为全球文化的一部分时，我们显然有必要以超越黑色美国现实的视野来审视非裔美国文化。

我们还是回到前面已经提到的饶舌音乐，并且以日本为例，看看饶舌音乐如何在日本青少年的文化产业中被复制、流通及消费。饶舌歌曲与其他所谓的嘻哈文化（hip-hop culture）之被引进日本当在 20 世纪 80 年代初期。到了 90 年代中期，日本本土饶舌歌手的唱片卖上百万张已经不是异数。若干媒体和唱片公司甚至提出所谓全球嘻哈文化的说法。美国文化人类学者康德莱（Ian Condry）曾经于 1995 年至 1997 年间在日本做田野调查，研究当地青少年的饶舌音乐，后来他在一篇研究报告中，分别从阶级、种族及性别的角度比较美、日饶舌音乐。在他看来，美、日饶舌歌手与其听众多半来自社会、经济地位差异甚大的背景，日本青少年虽然多少理解饶舌歌曲与黑色美国的贫穷、暴力、失业、失学及其所面对的结构性种族歧视密不可分，但这一切显然与他们所置身的现代日本社会相去甚远。就阶级而言，美国黑人的饶舌歌曲与日本年轻人的饶舌歌曲显然是不同生产条件与社会关系下的产物。在时空转换之后，黑人饶舌歌曲的政治与社会意涵几乎尽失，其风格与形式被日本年轻饶舌歌手大量挪用，"给予日本年轻人一个将自己与他们视为该国的同质性主流区隔的方式"。(Condry，2002:171) 尽管社会、经济及文化背景互异，但饶舌歌曲既源于非裔美国社会的下层阶级，这层关系无疑还是赋予了日本饶舌歌曲"特殊的力量"(171)。

　　日本境内虽然有 50 万韩国人后裔和约 300 万因职业关系在社会上备受歧视的所谓"黑民"(burakumin)，然而与美国相比，日本终究是一个偏于单一民族的国族国家，种族或族群问题不像美国严重。反映在日本年轻歌手的饶舌歌曲往往不是种族之间的问题，而是世代之间的冲突。他们有些在衣着、发型上模仿美国黑人,一方面出于对黑人文化的尊敬与崇拜;一方面也是故示姿态,反抗日本社会的主流价值观,并挑战家长与师长的权威。(175)饶舌歌曲所带来的跨国与跨文化想象或意义在这样的旅行与转换的过程中显现无遗。

康德莱在他的研究中另外发现,日本的饶舌歌手90%为男性,女性饶舌歌手屈指可数。饶舌歌曲又大致分为两大类,一为舞会饶舌歌曲(party rap),另一为地下饶舌歌曲(underground rap);前者的主要听众为女性,后者则以男性为主。即使在题材、制作及营销方面也大相径庭。舞会饶舌歌曲的歌词比较轻松有趣,而且与青少年的日常娱乐、生活较为相关。相形之下,地下饶舌歌曲就显得比较沉重与抽象,而且对日本主流社会不时提出批判与抗议。这正是舞会饶舌歌手所难以接受的,他们不觉得饶舌歌曲就必须表达不满与愤怒,并且否定或对抗社会;在他们看来,这种做法无异于把美国黑人饶舌歌曲的那一套照搬过来,与日本的社会现实或与本土听众的体验是有很大的差距的。(177,180)尽管如此,康德莱认为这两种类型的日本饶舌歌手"所谈的都是他们身边的问题与他们所过的生活"。因此,康德莱的结论是,"所有的文化政治都是本土的"。(181)

不过康德莱也进一步指出,"当多国的娱乐工业把音乐的类型与影像散播到遥远的地方时，文化与社会变迁的理论家即面临评估这些音乐类型与影像的使用与效应的工作"。(181)康德莱整篇论文的最终关怀是社会如何生产差异的问题。在他对美、日饶舌歌曲的考察中，他发现真正被移植到新的时空环境的其实是约定俗成的表现方式。"这些新的表现方式为不同的社会搭起了桥梁，并为本土的身份提供新的意义"。(182)康德莱的总结无疑在相当程度上呼应了前述汤林森所指陈的文化生产的效应问题。这个新的意义或效应当然不是文化事实的根源所能完全规划或控制的。

　　在这方面有关《卧虎藏龙》的讨论则颇富批判性。吴佳琪发表在《观影者》(*Spectator*)季刊的论文题目就直接指出《〈卧虎藏龙〉不是一部中国电影》("*Crouching Tiger, Hidden Dragon* Is Not a Chinese Film")。吴佳琪对《卧虎藏龙》的评论在相当程度上不脱后殖民论述的框架，尤其是论文的前半部在检讨影片的领受情形时，其主要观点是建立在大家所熟悉的东方主义（Orientalism）或自我东方主义（self-Orientalism）的基础上的。吴佳琪与若干评论者持不同看法的是，她认为将影片的成功轻率归诸于美国的制作与营销方式是简化了《卧虎藏龙》这整个文化事实的复杂性。(Wu, 2002:70) 不过她的论文最有趣的地方在于她所谓的第三种读法，这种读法与全球化密切相关。在她看来，《卧虎藏龙》中想象的中国可以在香港地区、大陆、台湾地区或海外华人社群包装订做。就像计算机中的芯片那样，可以在台湾地区的半导体工厂制造而安装在任何国家的计算机上，管他是宏碁、东芝或苹果，"只要保证能在全球流通即可"。（Wu，77）吴佳琪指出，《卧虎藏龙》在全球亮丽的票房成绩主要应归功于持这种读法的观众：他们干脆把《卧虎藏龙》视为好莱坞的产品，在看法上他们更与全球化的力量和跨国商业文化相互唱和，对有关影片的民族性的争辩完全予以搁置。（Wu，77）

这一节所提到的这两个例证在在说明了，旧有的、静止的倾向于将文化本质化的分析方法，在面对若干跨国的文化事实时，确实显得捉襟见肘。因此正如周英雄在一篇讨论现代性的文章中所说的，在全球脉络之下，我们应该期待一个较富动力的描述文化的方法。（Chou，2001:36）在全球流动的时代，文化事实的历史流变往往必须在跨国与跨文化的脉络之下，才能够比较清晰地观照，我们也才能够进一步分析文化事实的种种效应。换句话说，从日本饶舌歌曲的演变与发展，我们看到饶舌音乐如何超越非裔美国人的日常生活现实的生命与意义，看到饶舌音乐的全球联系所产生的效应和影响。在这种情形之下，饶舌音乐的传统与历史就不再完全为黑人艺术家所掌控，因为饶舌音乐的文化价值在跨国复制、流通及消费的过程中会遭到调整、变形、混种，似乎很难再保有其始源的面貌。

《卧虎藏龙》所引发的争论也逼使我们必须调整分析的视野，才够能看出这部电影的跨国与跨文化的意义。《卧虎藏龙》所依附的自然是武侠电影的类型成规，但为了全球的影视消费市场，影片又不免要逾越这些成规。从正面看是为传统武侠电影另辟蹊径，寻找新的表现空间；持负面批评的影评人则忧心跨国电影工业集团强大粗暴的收编力量，会对本土的电影类型带来伤害，就像迪斯尼的卡通影片《花木兰》(Mulan)那样，暴虐地将我们从小就熟知的花木兰的故事强行变造。其中的关键当然主要涉及全球化过程中全球与本土之间无时不在的永恒斗争，这也是晚近多少有关全球化的论述力图协调与疏通的地方。《卧虎藏龙》的尴尬显然不仅在于这个文化事实既在武侠电影传统之内，又在此传统之外，同时也在于疏通与协调过程中所必须面对的文化／商业、边陲／中心二元对立的困境。这恐怕也是所有本土社会与文化在面对全球资本主义排山倒海的渗透力量时无法回避的困境。

饶舌音乐——乃至于美国的嘻哈文化——对当代日本青年文化带来什么样的影响？这样的影响在转输到其他东亚国

家之后造成什么样的变化？在辗转流传或旅行之后，饶舌音乐的传统与成规又该如何辨识？同理，当武侠电影类型获得好莱坞或跨国电影工业青睐之后，这个电影类型的传统和成规会遭到怎样的变型或改造？《卧虎藏龙》究竟更丰富了武侠电影的传统，抑或只是向好莱坞之类的跨国电影工业示好，以谋求全球的电影市场利益？好莱坞或跨国电影工业会因武侠电影类型的冲击而带来改变——调整其视野，拓宽其题材，吸纳更多非西方的电影传统？类似的问题必须回归到建制史或文化史的范畴来讨论，不在本书探讨的范围之内，只能存而不论了。

余论

2011年12月15日，美军在入侵伊拉克8年8个多月之后，师老无功，加上国内外怨声载道，终于在巴格达国际机场降下美国国旗，全面自伊拉克撤军，只不过还在巴格达的美国大使馆留下上万所谓的工作人员——恐怕这是世界上人员最多的大使馆。

我在这里重提伊拉克战争，只是在呼应本书《绪论》中的叙述与批判。一年多以前，美国总统奥巴马宣布终止在伊拉克的行动，经过了一年多，剩余的美军终于也撤出伊拉克。鏖战七八年，伊拉克战争是一场理不直气不壮，师出无名的战争，除了处决萨达姆，摧毁萨达姆政权之外，所谓大规模的毁灭性武器已经成为历史笑柄，坐实了美国作为世界强权的帝国本质。这是一场让美国蒙羞的战争，美国当然付出了惨痛的代价，更大的代价则是伊拉克人国破家亡，重建之路遥远而漫长。这是一场早被遗弃的战争。英国《卫报》的扬格（Gary Younge）在美军全面撤退后评论说："这场战争开始时父母众多，可是在其时日终了时却只是个孤儿，那些开启战端的人跟以知识帮他们遮羞的人无不名声扫地。没有人被要求负责；愿意负责的人更是少之又少。"（Younge，2011）

这场战争不仅成为孤儿，伊拉克更留下了不少孤儿。在隐喻上这是过度膨胀的自我无视他者存在所造成的悲剧；这是轻忽他者，敌视他者，视他者为无物——为巴特勒所说的失去价值而无须为之悲伤的生命。（Butler，2009:22）如果生命脆危，支持战争的人显然相信，生命的脆危性有其轻重之别：有些人的生命特别脆危，有些人的不那么脆危；把生命的脆危性放大，或者把脆危性缩小，无异于决定何者是可活的生命，何者为不可活的生命。如果我们相信众生平等是对的，我们必须拒绝这样的想法或信念。不论自我或者他者，没有任何人的生命比其他人的价值较高或者较低。生命需要条件，才能成为可活的生命，成为必须为之悲伤的生命。

创造与维护这些条件，无疑是我们的政治责任与伦理决定。
(Butler，2009:23)

他者当然不仅限于战争的无辜受害者。在本书第一章中，
我以若干文化文本论证他者的重要性，也以某些实例勾勒他
者的悲剧命运。如何面对他者，要以何种心态面对他者，不
但反身塑造自我，也同时映照自我的面貌。简单地说，我们
如何对待他者，将会决定我们是什么样的人。同理，我们如
何看待他者的文化，也将影响，甚至于决定我们自己的文化。
自我与他者因此互相牵连，彼此映照。[1]

本书第二章所处理的主要就是面对他者文化的问题。各
章节的目的在于凸显全球资本主义下不同文化之间可能的冲
突，以及随之而来的不断的协调与商议，也就是全球与本土
之间颉颃与调解的过程，因此在研究途径上强调跨文化转向
的必要性。尤其是跨国文化生产方面，在文化消费主义的主
导之下，本土不免必须思考如何响应全球的挑战，而全球
更有必要不时自我调整，避免面对本土时陷入水土不服的
窘境。

这些现象说明了，我们对他者和他者的文化其实都肩负

---

[1] 许倬云的近著《我者与他者：中国历史上的内外分际》(2009) 以历时性的分析，
论证中国文化圈的形成，其中不乏实例可以支持这个观点。——原注

着伦理责任。这些责任也可以说源于众生平等的信念。基于
这个理念，已故日裔美国学者三好将夫（Masao Miyoshi）曾
经提出文学地球主义（literary planetarianism）的理想，视地
球为众生所有，他呼吁世人应该超越各种限制自我或排除他
者的思考，建立一个空间共有与资源互享的世界：

> 文学与文学研究现在拥有一个基础与目标：即培养
> 我们与地球的共同关系——以地球主义的理想取代排外
> 的家族主义、社群主义、国族性、族裔文化、区域主
> 义、"全球化"，甚至人文主义的想象。一旦我们接受
> 这个以地球为基础的总体性，我们才可能有意愿谦卑地
> 思构如何与他人分享我们唯一真正的公共空间与资源。
> （Miyoshi，2001:261）

三好将夫的想法其实已经摆脱以人为中心的立场，地球
不仅为人类所有，同时也是为其他生命所有，这也是本书在
论证他者与他者文化之余的合理期许。

书目

中文

《〈卧虎藏龙〉给了台湾地区什么期待？》，小白龙，2000。网址：http：//ybomb.chinatimes.com/showbiz/news/column/28.htm。

《国家与祭祀》，子安宣邦著，董炳月译，北京：三联书店，2007。

《消解性别》，朱迪思·巴特勒著，郭劼译，上海：上海三联书店，2009。

《跨越边界：翻译·文学·批判》，米勒（J. Hillis Miller）著，单德兴编译，台北：书林出版公司，1995。

《由"面点王"看中国快餐的希望》，佚名，2001。《市场报》，6 月 29 日。网址：http://finance.eastday.com/epublish/big5/paper94/20010629/class009400004/hw2326831.htm。

《谁需要麦当劳化的美术馆》，吴金桃著，2002。《时报》，8 月 3 日，第 15 版。

《台湾地区的麦当劳化：跨国服务业资本的文化逻辑》，何春蕤著，1997。《身份认同与公共文化：文化研究论文集》，陈清桥编，香港地区：牛津大学出版社。141—60。

《世界标靶的时代：战争、理论与比较研究中的自我指涉》，周蕾著，陈衍秀译，台北：麦田出版，2011。

《拉合尔茶馆的陌生人》，莫欣·哈米德著，谢静雯译，新北市：印刻，2008。

《我者与他者：中国历史上的内外分际》，许倬云著，台北：时报出版，2009。

《林苍生统一集团上海突破》，张殿文著，2010。《亚洲周刊》，2 月 21 日。14—18。

《〈卧虎藏龙〉中的性政治》，廖咸浩著，2001。《时报·人间副刊》，6 月 8 日，23 版。

《电影类型与类型电影》，郑树森著，台北：洪范书店，2005。

英文

Alfino, Mark, John S. Caputo, and Robin Wynyard, eds. 1998. *McDonaldization Revisited: Critical Essays on Consumer Culture.* Westport, CN: Praeger.

Althusser, Louis. 1971. "Ideology and Ideological State Apparatuses (Notes towards an Investigation)." *Lenin and Philosophy and Other Essays.* Trans. Ben Brewster. New York: Monthly Review Pr. 127－86.

Anderson, Benedict. 1983. *Imagined Communities: Reflections on the Origin and Spread of Nationalism.* London: Verso.

Anonymous. 2001. "Ang Lee and James Schamus: The Guardian/NFT Interview." *The Guardian* (7 November). Website: http: //www.guardian.co.uk/Archive/Article/0,4273, 4088296,00.html

Appadurai, Arjun. 1996. *Modernity at Large: Cultural*

Dimensions of Globalization. Public Worlds, Vol. 1. Minneapolis and London: Univ. of Minnesota Pr.

Appadurai, Arjun. 2006. *Fear of Small Numbers: An Essay on the Geography of Anger*. Durham, NC and London: Duke Univ. Pr.

Asthana, Anushka, and Toby Helm. 2010. "No One Would Say They Came to Politics to Cut Public Spending." *The Observer* (29 August): 8—9.

Baker, Houston A., Jr. 1993. *Black Studies, Rap, and the Academy*. Chicago and London: Univ. of Chicago Pr.

Baudrillard, Jean. 1988. "The Masses: The Implosion of the Social in the Media." *Jean Baudrillard: Selected Writings*. Ed. Mark Posster. Trans. Marie Maclean. Stanford: Stanford Univ. Pr. 207—19.

Baudrillard, Jean. 1995. *The Gulf War Did Not Take Place*. Trans. Paul Patton. Bloomington and Indianapolis: Indiana Univ. Pr.

Beck, Ulrich. 2000. *What Is Globalization*? Trans. Patrick Camiller. Cambridge: Polity Pr.

Bell, Daniel. 1988. *The End of Ideology: On the*

Exhaustion of Political Ideas in the Fifties. Cambridge, MA: Harvard Univ. Pr.

Ben Jelloun, Tahar. 1999. *French Hospitality*. Trans. Barbara Bray. New York: Columbia Univ. Pr.

Berlin, Adele. 1994. "Ruth and the Continuity of Israel." *Reading Ruth: Contemporary Women Reclaim a Sacred Story*. Ed. Judith A. Kates and Gail Twersky Reimer. New York: Ballantine Books. 255 — 60.

Bhandari, Aparita. 2007. "Changed Man." 16 May. Website: http: //www.cbc.ca/arts/books/hamid.html.

Biberman, Herbert. 2003. *Salt of the Earth: The Story of a Film*. Fiftieth Anniversary Edition. New York: Harbor Electronic Publishing.

Billy, Ted. 1989. "A Curious Case of Influence: *Nostromo and Alien* (*s*) ." *Conradiana* 21.2: 147 — 57.

Blair, Tony. 2010. *A Journey*. London: Hutchinson.

Boy-Barrett, Oliver, and Terhi Rantanen, eds. 1998. *The Globalization of News*. London: SAGE Publications.

Butler, Judith. 2004. *Precarious Life: The Power of Mourning and Violence*. London and New York: Verso.

Butler, Judith. 2004. *Undoing Gender*. London and New York: Routledge.

Butler, Judith. 2009. *Frames of War: When Is Life Grievable*? London and New York: Verso.

Canclini, Néstor García. 2000. "Cultural Policy Options in the Context of Globalization." *The Politics of Culture: Policy Perspectives for Individuals, Institutions, and Communities*. Ed. Gigi Bradford, Michael Gary and Glenn Wallach. New York: The New Pr. 302 — 26.

Caruth, Cathy. 1996. *Unclaimed Experience: Trauma, Narrative, and History*. Baltimore: Johns Hopkins Univ. Pr.

Ceplair, Larry. 2004. "The Many 50th Anniversaries of *Salt of the Earth*." *Cineaste*. 29.2: 8 — 9.

Ceplair, Larry. and Steven Englund. 1983. *The Inquisition in Hollywood: Politics in the Film Community, 1930 — 1960*. Berkeley: Univ. of California Pr.

Chou, Ying-hsiung. 2001. "Does Modernity Travel?: Globalism and/or Regionalism." Yunhui Park et al. *Asian Culture and the Problems of Rationality*. Tokyo: Association of East Asian Research Universities and the Univ. of Tokyo. 29 — 41.

Chow, Rey. 2006. *The Age of the World Target Self-Referentiality in War, Theory, and Comparative Work.* Durham, NC and London: Duke Univ. Pr.

Ciment, Michel. 1974. *Kazan on Kazan.* New York: The Viking Pr.

Condry, Ian. 2002. "The Social Production of Difference: Imitation and Authenticity in Japanese Rap Music." *Transactions, Transgressions, Transformations: American Culture in Western Europe and Japan.* Ed. Heide Fehrenbach and Uta G. Poiger. New York and Oxford: Berghahn Books. 166 — 84.

Conrad, Joseph. 1924. *Nostromo.* Garden City, NY: Doubleday.

Cook, David A. 1990. *A History of Narrative Film.* 2nd ed. New York: Norton.

Cooper, Duncan. 1991. "Who Killed Spartacus?" *Cineaste* 18.3: 18 — 27.

Derrida, Jacques. 2001. *Cosmopolitanism and Forgiveness.* Trans. Mark Dooley and Michael Hughes. London and New York: Routledge.

Derrida, Jacques. 2002. *Acts of Religion*. Ed. and intro. Gil Anidiar. London and New York: Routledge.

Jacques Derrida and Anne Dufourmantelle. 2000. *Of Hospitality*. Trans. Rachel Bowlby. Stanford: Stanford Univ. Pr.

Jacques Derrida and Elisabeth Roudinesco. 2004. *For What Tomorrow ...: A Dialogue*. Stanford: Stanford Univ. Pr.

Dowdy, Andrew. 1973. *The Films of the Fifties: The American State of Mind*. New York: William Morrow.

Editorial. 2010. "A Rising Global Tide of Xenophobia." *The Independent* (20 August), Viewspaper 2.

Elkins, Charles, ed. 1980. "Symposium on *Alien*." *Science-Fiction Studies 7.3* (Nov.): 278 — 304.

Featherstone, Mike. 1995. *Undoing Culture: Globalization, Postmodernism and Identity*. London: SAGE Publications.

Finkelstein, Joanne. 1999. "Rich Food: McDonald's and Modern Life." *Resisting McDonaldization*. Ed. Barry Smart. London: SAGE Publications. 70 — 82.

Franco, Jean. 1990. "The Limits of the Liberal Imagination: *One Hundred Years of Solitude and Nostromo*." *Joseph Conrad:*

Third World Perspectives. Ed. Robert Hammer. Washington, D. C.:
Three Continents Pr. 201 — 15.

French, Philip. 2001. "I Get a Kick Out of Kung Fu." *The
Guardian* (7 January) . Website: http: //www.guardian.co.uk/
Archive/0,4273,4113432,00.html

Gilroy, Paul. 1991. *"There Ain' t No Black in the Union
Jack"*: *The Cultural Politics of Race and Nation*. Chicago:
Univ. of Chicago Pr.

Gilroy, Paul. 1993. *The Black Atlantic*: *Modernity and
Double Consciousness*. London and New York: Verso.

Gilroy, Paul. 2000. *Between Camps*: *Race, Identity and
Nationalism at the End of the Colour Line*. London: Allen Lane
and The Penguin Pr.

Hall, Stuart. 1997 (1989) . "The Local and the Global:
Globalization and Ethnicity." *Culture, Globalization and the
World-System*: *Contemporary Conditions for the Representation
of Identity*. Ed. Anthony D. King. Rev. ed. Minneapolis: Univ. of
Minnesota Pr. 19 — 39.

Hamid, Mohsin. 2007. *The Reluctant Fundamentalist*.
New York and London: Harcourt.

Hamilton, Adrian. 2010. "Obama the Realist, Blair the Fantasist." *The Independent* (2 September), Viewspaper 5.

Hannerz, Ulf. 1996. *Transnational Connections: Culture, People, Place.* London: Routledge.

Hannerz, Ulf. 1997. "Scenarios for Peripheral Cultures." *Culture, Globalization and the World-System: Contemporary Conditions for the Representation of Identity.* Ed. Anthony D. King. Rev. ed. Minneapolis: Univ. of Minnesota Pr. 107 − 28.

Hardt, Michael, and Antonio Negri. 2000. *Empire.* Cambridge, MA: Harvard Univ. Pr.

Hey, Kenneth R. 1983. "Ambivalence as a Theme in *On the Waterfront* (1954): An Interdisciplinary Approach to Film Study." *Hollywood as Historian: American Film in a Cultural Context.* Ed. Peter C. Rollins. Lexington: Univ. Pr. of Kentucky. 159 − 89.

Hobson, J. B. 1965 (1902) . *Imperialism: A Study.* Ann Arbor: Univ. of Michigan Pr.

Honig, Bonnie. 1998. "Ruth, the Model Émigré: Mourning and the Symbolic Politics of Immigration." *Cosmopolitics: Thinking and Feeling beyond the Nation.* Ed.

Pheng Cheah and Bruce Robbins. Cultural Politics, vol. 14. Minneapolis and London: Univ. of Minnesota Pr. 192 – 215.

Honig, Bonnie. 2001. *Democracy and the Foreigner*. Princeton and Oxford: Princeton Univ. Pr.

Honneth, Axel. 1996. *The Struggle for Recognition: The Moral Grammar of Social Conflicts*. Cambridge: Polity Pr.

Horkheimer, Max, and Theodor W. Adorno. 1988 (1944) . *Dialetic of Enlightenment*. Trans. John Cummings. New York: Continuum.

Huntington, Samuel P. 1997. *The Clash of Civilizations and the Remaking of World Order*. Cambridge, MA: Harvard Univ. Pr.

Jaafar, Ali. 2006. "Confessions of a Dangerous Mind: Ali Jaafar Talks to George Clooney." *Sight and Sound* 16.3 (March): 6.

Jenkins, Simon. 2010. "A Trillion-dollar Catastrophe." *The Guardian* (1 Sept.), 33.

Kaplan, E. Ann. 2005. *Trauma Culture: The Politics of Terror and Loss in Media and Literature*. New Brunswick, NJ and London: Rutgers Univ. Pr.

Kapuściński, Ryszard. 2008. *The Other*. Trans. Antonio Lloyd-Jones. London and New York: Verso.

Kavanagh, James H. 1990. "Feminism, Humanism and Science in *Alien*." *Alien Zone: Cultural Theory and Contemporary Science Fiction Cinema*. Ed. Annette Kuhn. London and New York: Verso. 73 — 81.

Kazan, Elia. 1989. *A Life*. New York: Doubleday.

Kellner, Douglas. 1989. *Jean Baudrillard: From Marxism to Postmodernism and Beyond*. Cambridge: Polity Pr.

Kellner, Douglas. 1998. "Foreword: McDonaldization and Its Discontents–Ritzer and His Critics." *McDonalization Revisited: Critical Essays on Consumer Culture*. Ed. Mark Alfino, John S. Caputo, and Robin Wynyard. Westport, CN: Praeger. vii-xiv.

Kemp, Philip. 2000. "Stealth and Duty." *Sight and Sound* *10.12* (Dec.): 12 — 15.

King, Anthony D. 1997. "Preface to the Revised Edition." *Culture, Globalization and the World-System: Contemporary Conditions for the Representation of Identity*. Ed. Anthony D. King. Minneapolis: Univ. of Minnesota Pr. vii-xii.

Kristeva, Julia. 1991. *Strangers to Ourselves*. Trans. Leon S. Roudiez. New York: Columbia Univ. Pr.

Kristeva, Julia. 1993. *Nations Without Nationalism*. Trans. Leon S. Roudiez. New York: Columbia Univ. Pr.

LaValley, Al. 1989. "*Invasion of the Body Snatchers*: Politics, Psychology, Sociology." *Invasion of the Body Snatchers*. Ed. Al LaValley. New Brunswick: Rutgers Univ. Pr. 3 — 17.

Leab, Daniel J. 1984. "How Red Was My Valley: Hollywood, the Cold War Film, and *I Married a Communist*." *Journal of Contemporary History* 19: 59 — 88.

Leitch, Vincent B. 1996. *Postmodernism–Local Effects*, *Global Flows*. New York: State Univ. of New York Pr.

Lovell, Alan. 1977. *Don Siegel: American Cinema*. London: British Film Institute.

Lusane, Clarence. 1993. "Rap, Race and Politics." *Race & Class* 35.1: 41 — 56.

Lyotard, Jean-François. 1984 (1979). *The Postmodern Condition*. Trans. Geoff Bennington and Brian Massumi. Manchester: Manchester Univ. Pr.

Markell, Patchen. 2003. *Bound by Recognition*. Princeton：Princeton Univ. Pr.

Marx, Karl. 1986. *The Eighteenth Brumaire of Louis Bonaparte*. *Karl Marx：A Reader*. Ed. Jon Elster. London and New York：Cambridge Univ. Pr.

May, Lary. 1989. "Movie Star Politics：The Screen Actors' Guild, Cultural Conversion, and the Hollywood Red Scare." *Recasting America：Culture and Politics in the Age of Cold War*. Ed. Lary May. Chicago：Univ. of Chicago Pr. 125 — 53.

Miller, J. Hillis. 1993. *New Starts：Performative Topographies in Literature and Criticism*. Taipei：Institute of European and American Studies, Academia Sinica.

Miyoshi, Masao. 2001. "Turn to the Planet：Literature and Diversity, Ecology and Totality." *Trespasses：Selected Writing*. Ed. Eric Cazdyn. Durham, NC：Duke Univ. Pr.

Navasky, Victor S. 1980. *Naming Names*. New York：Simon and Schuster,

Neve, Brian. 1992. *Film and Politics in America：A Social Tradition*. London：Routledge.

Newton, Judith. 1990. "Feminism and Anxiety in *Alien.*" *Alien Zone: Cultural Theory and Contemporary Science Fiction Cinema.* Ed. Annette Kuhn. London and New York: Verso. 82 — 90.

Norris, Christopher. 1992. *Uncritical Theory: Postmodernism, Intellectuals and the Gulf War.* London: Lawrence and Wishart.

O'Reilly, Kenneth. 1983. *Hoover and the Un-Americans: The FBI, HUAC, and the Red Menace.* Philadelphia: Temple Univ. Pr.

Ohmae, Kenichi. 1995. *The End of the Nation States: The Rise and Fall of Regional Economies.* London: HarperCollins.

Ozick, Cynthia. 1994. "Ruth." *Reading Ruth: Contemporary Women Reclaim a Sacred Story.* Ed. Judith A. Kates and Gail Twersky Reimer. New York: Ballantine Books. 211 — 32.

Pilkington, Ed, Karen McVeigh and Chris McGreal. 2011. "America Remembers the Victims of 9/11 with Tributes and Tears." *The Guardian* (11 September).

Poster, Mark. 1988. "Introduction." *Jean Baudrillard: Selected Writings.* Ed. Mark Poster. Stanford: Stanford Univ. Pr. 1 — 9.

Prince, Stephen. 1992. *Visions of Empire: Political Imagery in Contemporary American Film*. New York, Westport, Conn., and London: Praeger.

Ratner, Michael and Ellen Ray. 2004. *Guantánamo: What the World Should Know*. White River Junction, VT: Chelsea Green.

Riambau, Esteve and Casimiro Torreiro. 1992. "This Film Is Going to Make History: An Interview with Rosaura Revueltas." *Cineaste* 19.2 − 3: 50 − 51.

Ritzer, George. 1995. *The McDonaldization of Society: An Investigation into the Changing Character of Contemporary Social Life*. Rev. ed. Thousand Oaks, CA: Pine Forge Pr.

Ritzer, George. 2000. "Obscene from Any Angle: Fast Food, Credit Cards, Casinos and Consumers." *Third Text* 51 (Summer): 17 − 28.

Robertson, Ronald. 1995. "Glocalization: Time-Space and Homogeneity-Heterogeneity." *Global Modernities*. Ed. Mike Featherstone, Scott Lash, and Ronald Robertson. London: SAGE Publications. 25 − 44.

Rose, David. 2004. *Guantánamo: The War on Human*

Rights. New York: The New Pr.

Ryan, Michael and Douglas Kellner. 1988. *Camera Politica: The Politics of Ideology of Contemporary Hollywood Film.* Bloomington and Indiapolis: Indiana Univ. Pr.

Said, Edward W. 1975. *Beginning: Intention and Method.* New York: Columbia Univ. Pr.

Sassen, Saskia. 1999. *Guests and Aliens.* New York: The New Pr.

Saunders, Frances Stonor. 1999. *Who Paid the Pipers?–The CIA and the Cultural Cold War.* London: Granta Books.

Sefcovic, Enid M.I. 2002. "Cultural Memory and the Cultural Legacy of Individualism and Community in Two Classic Films about Labor Unions." *Cultural Studies in Media Communication* 19.3: 329 — 51.

Sennett, Richard. 1996. "The Foreigner." *Detraditionalization: Critical Reflections on Authority and Identity.* Ed. Paul Heelas, Scott Lash, and Paul Morris. Oxford: Blackwell. 173 — 99.

Shea, Christopher. 2001. "A Blacker Shade of Yale: African-American Studies Takes a New Direction." *Lingua Franca* (March) . 42 — 49.

Smith, Anthony D. 1990. "Toward a Global Culture?" *Global Culture: Nationalism, Globalization and Modernity.* Ed. Mike Featherstone. London: SAGE Publications. 171－91.

Sontag, Susan. 2001. Editorial in "The Talk of the Town." *New Yorker* (September 24): 32.

Sotinel, Thomas. 2004. "All Action Globetrotting." *The Guardian Weekly* (3－9 September): 21.

Taubin, Amy. 1992. "Invading Bodies: *Alien 3* and the Trilogy." *Sight and Sound*, NS 2.3 (July): 8－14.

Taylor, Charles, and Amy Gutman, eds. 1994. *Multiculturalism: Examining the Politics of Recognition.* Princeton: Princeton Univ. Pr.

Tomlinson, John. 1991. *Cultural Imperialism.* Baltimore: Johns Hopkins Univ. Pr.

Tomlinson, John. 1999. *Globalization and Culture.* Chicago: Univ. of Chicago Pr.

Wallerstein, Immanuel. 1991. *Geopolitics and Geoculture: Essays on the Changing World-System.* Cambridge: Cambridge Univ. Pr.

Whitfield, Stephen J. 1991. *The Culture of the Cold War.*

Baltimore: Johns Hopkins Univ. Pr.

Williams, Raymond. 1985. *Keywords: A Vocabulary of Culture and Society.* Rev. ed. New York and Oxford: Oxford Univ. Pr.

Wills, Garry. 1976. "Introduction." Lillian Hellman. *Scoundrel Time.* Boston: Little, Brown and Co. 3—34.

Wu, Chia-chi. 2002. "*Crouching Tiger, Hidden Dragon* Is Not a Chinese Film." *Spectator* 22. 1 (Spring): 65—79.

Yan, Yuanxiang. 1997. "McDonald's in Beijing: The Localization of Americana." *Golden Arches East: McDonald's in East Asia.* Ed. James L. Watson. Stanford: Stanford Univ. Pr. 39—76.

Younge, Gary. 2006. "Silence in Class." *The Guardian.* 4 Apr. Website: http: //www.guardian.co.uk/education/2006/apr/04/internationaleducationnews.highereducation/print

Younge, Gary. 2011. "The US Is Blind to the Price of War That Is Still Being Borne by the Iraqi People." *The Guardian* (18 December) . Website: http: //www.guardian.co.uk/commentisfree/2011/dec/18/us-blind-price-paid-iraqis?INTCMP=SRCH

Zha, Jianying. 2002. "Learning from McDonald's." *Transition* 91: 18−39.

Zieger, Robert H. 1986. *American Workers, American Unions, 1920−1985.* Baltimore: Johns Hopkins Univ. Pr.

Žižek, Slavoj. 2009. *First As Tragedy, Then As Farce.* London and New York: Verso.

索引